Helmut Pätz
Irene Pätz

Kurzgeschichten
Band 4

AF219997

Helmut Pätz
Irene Pätz

Kurzgeschichten
Band 4

Bibliographische Informationen der Deutschen Nationalbibliothek: Die Deutsche Nationalbibliothek verzeichnet diese Publikation in der Deutschen Nationalbibliothek, detaillierte bibliographische Daten sind im Internet über dnb.dnb.de abrufbar.

Herstellung und Verlag:
BoD - Books on Demand, Norderstedt

ISBN 9783756231935

Kleiner Irrtum in Texas

Der alte Mac nannte nicht nur die ausgedehntesten Weidegründe und die größten Viehherden, sondern auch den schnellsten Revolver und den gewaltigsten Dickschädel in der näheren und weiteren Umgebung von Bigtown sein eigen. Als der Sheriff und ein fremder Mann durch die Gartenpforte traten, lag Mac im Schaukelstuhl hinterm Haus und blinzelte in die Sonne.

"Hallo, Mac", sagte der Sheriff, "das hier ist der Präsident der Staatlichen Eisenbahngesellschaft. Er hat ein tolles Angebot für dich."

Mac nickte. "Du kennst mich, Slim. Für tolle Angebote bin ich immer zu haben. Worum handelt es sich?"

"Um die neue Eisenbahnlinie, die durch Bigtown führen soll."

"Wir sind hier alle auf dem Pferderücken zu Hause. Wozu also eine neue Eisenbahnlinie?"

"Denk an die Viehherden, Mac. Wir könnten sie hier verladen und brauchten sie nicht wochenlang bei Hitze und Kälte über die Berge an die Küste zu treiben. Denk an unser Erdöl, wir brauchten es nicht mehr mühsam in Fässer zu pumpen und auf Pferdewagen in die Raffinerie zu befördern. Und die letzte Maisernte, Mac, du weißt, sie ist restlos eingegangen, nur weil unsere Wagenplanen dem tagelangen Regen auf dem Weg nach Austin nicht standgehalten haben..."

"Stimmt."

"Und deshalb wollen wir die Eisenbahnlinie durch Bigtown."

"Okay." Der alte Mann sah die beiden lauernd von der Seite an. "Und was hab' ich damit zu tun?"

Der Präsident der Staatlichen Eisenbahngesellschaft räusperte sich. "Die Sache hat einen Haken, Mister... die neue Linie führt geradewegs durch Ihr Haus..." Er machte eine Handbewegung von Wand zu Wand.

5

Der Schaukelstuhl stand still, und die Finger des alten Mannes krümmten sich wie um den Abzug eines Revolvers.

"Das Gesetz will es so, Mac", beschwichtigte ihn der Sheriff.

"Die Staatliche Eisenbahngesellschaft zahlt eine Entschädigung", sagte der Präsident, "eine großzügige..."

"... mit der du deine Weidegründe mehr als verdoppeln kannst, in einer viel schöneren Gegend als hier..." fuhr der Sheriff fort. "Die besten Rinder kannst du dir kaufen... und das Gesetz, Mac, das steht doch nun einmal über uns allen und über alles."

Der alte Mann schwieg mit unbewegtem Gesicht, eine ganze Weile.

"Okay", sagte er dann. "Über die Entschädigung reden wir noch. Und das Gesetz achte ich genau so wie du. Aber ich bleibe. Doch wenn die sich einbilden..." und damit machte er eine Kopfbewegung zum Präsidenten, "...wenn die sich einbilden, dass ich jedesmal die Tür aufmache, wenn der Zug hindurchfährt, dann haben die sich aber gewaltig geirrt."

Und damit begann er wieder seinen Schaukelstuhl zu bewegen und blinzelte in die Sonne.

Helmut Pätz

Nur ein kleiner Abstecher

Als ich die drei Birken an der Kreuzung sah, wusste ich, dass es der richtige Weg war. Unverändert standen sie da, vielleicht ein wenig mehr geneigt, alle drei, unter dem ständigen Wind, der über das Land strich.

Ich lenkte den Wagen von der Straße auf den Weg, der holprig war und wenig befahren. Und ich dachte an Tante Lotta. Mehr und mehr freute ich mich auf das Wiedersehen, aber dennoch hatte ich Angst.

6

Meinem Freund, den ich unterwegs treffen wollte, um gemeinsam mit ihm in den Süden zu fahren, hatte ich geschrieben, dass ich einen Tag später kommen würde. Ich sei geschäftlich verhindert. Den Besuch bei einer alten Tante, hätte er gewiss nur mit einem verständnislosen Kopfschütteln vermerkt.

Ja, und der Tante hatte ich mitgeteilt, dass ich mal vorbeikommen würde, nur so, auf einen kleinen Abstecher, für eine Nacht vielleicht. Eigentlich kam ich jedes Jahr hier vorbei an dieser Wegkreuzung mit den drei Birken in Richtung Süden, ohne anzuhalten, und jedesmal tippte mir das schlechte Gewissen ganz leicht auf die Schulter.

Ich versuchte mir vorzustellen, wie sie jetzt wohl aussehen mochten, die gute alte Tante Lotta, das Haus und der Hof mit den Viehställen und den umliegenden Äckern und Weiden. Wie mochte sich das alles verändert haben, seitdem der Onkel verstorben war?! Mein Gott, wie weit lag das alles zurück, als er mich noch mit dem Einspänner von der Bahnstation abholte in den großen Schulferien - und die Tante schon wartend und lachend vor dem Hoftor stand.

"Junge", rief sie dann und schlang die Arme um mich, "Junge, dass du da bist..." Eigene Kinder hatten sie nicht, die beiden.

Die Sonne neigte sich, und der Wald, der sich langgestreckt am Weg hinzog, warf breite Schatten in den grauen Sand.

7

Als ich das Haus erreichte, war es schon dunkel. Ich sah nur ein einsames Licht. Alles erschien mir viel kleiner und unscheinbarer als früher. Oder duckte sich alles nur unter der Last der hereinbrechenden Nacht? Irgendwo bellte ein Hund. Ich ließ den Wagen ausrollen, und dann sah ich einen kleinen, gebeugten Schatten zögernd auf mich zukommen.

"Junge", rief sie aus, "Junge! ...dass du gekommen bist..." Und dann legte sie die Arme auf meine Schulter.

Wie klein und schmal sie geworden war! Aber ihr Haar roch immer noch nach Heu und Kleinvieh.

Bis spät in die Nacht hinein saßen wir noch auf, am runden Tisch in der guten, alten Stube. Die Tante sah mich immer wieder an, lächelte mir zu, und auf ihren Wangen lag ein schwacher, rosiger Schimmer. Unterm Tisch lag, zufrieden schnaufend, der Hasso. Ein ganz kleines, quicklebendiges Bündel war er damals gewesen, jetzt hatte er ein langes Hundeleben hinter sich, dennoch hatte ich das Gefühl, dass er mich wiedererkannte.

"Ach, Herrjeh, wie lange schon hatte ich keinen Besuch mehr", sagte die Tante mit einem kleinen Seufzer, und schenkte mir noch ein Glas von ihrem berühmten Johannisbeerwein ein.

Lange noch lag ich dann wach in dem kleinen Stübchen unterm Dach, in dem Bett von damals, das inzwischen viel für mich viel zu kurz war. Ich hörte den Wind, der um das Haus strich und die

Fensterläden gegen die Hausmauer schlagen ließ. Ich lauschte in die Dunkelheit hinein und wartete auf den Zug, dessen Gleise ganz nahe hinterm Haus am Wald vorbeiführten und dessen Rattern mich damals vor dem Einschlafen in ferne Länder und geheimnisvolle Welten entführte. Ich wartete vergebens, und erst am nächsten Morgen sollte ich erfahren, dass die Bahnlinie schon seit Jahren wegen Unrentabilität stillgelegt worden war.

Als ich dann endlich in den Schlaf glitt, erschien mir noch einmal das Gesicht der Tante, das glückliche Strahlen ihrer Augen und ich spürte, in welch trostloser Einsamkeit sie gelebt haben mochte.

Am nächsten Morgen in aller Frühe - die Tante schlief noch - schlich ich aus dem Haus. Hasso gesellte sich zu mir, als seien wir uralte Freunde. Ich kraulte sein Fell, und er strich mir um die Hosenbeine. Wir streiften durch den Wald, gingen ein Stück über die Felder und dann zum Fluss hinab, über dem sich nur zögernd der Nebel hob. In den nahen Bäumen hing das erste Zwitschern der Vögel.

Als wir zurückkamen, drang Kaffeeduft aus dem Küchenfenster. Aufgeregt kam mir die Tante entgegengelaufen. "... ich hatte schon Angst, dass du nicht mehr da bist..." sagte sie, "aber dann sah ich dein Auto vor dem Haus stehen." Sie nahm mich am Arm. "Aber du bleibst doch noch, nicht wahr, wenigstens bis zum Mittag..."

9

Sie zog mich ins Haus. Im Vorübergehen sah ich das Dach, auf dem hier und da ein Ziegel fehlte, ich sah die Hauswand, von der der Putz abgeblättert war und das graue Holz der Fensterläden, auf denen keine Spur Farbe mehr zu erkennen war.

"Tante..." sagte ich dann plötzlich, "ich möchte hierbleiben ... den ganzen Urlaub über... meinem Freund werde ich telegrafieren, dass... na, ganz einfach, dass ich hier gebraucht werde - ...wenn es dir Recht ist natürlich nur."

"Aber ja doch", rief sie, und ich sah die Freude in ihrem Gesicht, "solange du willst, Junge!"

Ich blieb drei Wochen. Ich ging ins Dorf, holte Farbe, holte Schrauben und Nägel. Ich richtete die Fensterläden, strich Türen und Rahmen. Ich ersetzte die fehlenden Dachziegel und verschmierte sie fachgerecht. Stundenlang hackte ich Holz, schichtete es sauber zu stattlichen Haufen und fühlte mich dabei rundherum so wohl wie seit langem nicht mehr. Mit dem Hund machte ich Streifzüge durch Feld und Wald und saß abends mit der Tante auf der kleinen Bank vorm Haus. Sie war glücklich, und ihre Augen leuchteten, wenn sie mich ansah.

"Junge", sagte sie immer wieder, "Junge, dass du gekommen bist... dass du da bist..."

Als ich abfuhr, stand die Tante am Hoftor und winkte mir nach. Es war wie damals. Hasso lief noch eine ganze Weile bellend neben dem Wagen her, dann blieb er stehen, sah noch eine Zeitlang hinter mir her und trottete dann zum Haus zurück.

"Ich komme wieder..." rief ich.

Ja, ich wollte wiederkommen. Im nächsten Jahr, im übernächsten...

Und schon fühlte ich die Vorfreude, aber auch im geheimsten Winkel des Herzens so etwas wie Angst, dass die Tante dann vielleicht nicht mehr dastehen würde, voll froher Erwartung, um mir zuzuwinken und mich in die Arme zu schließen...

Helmut Pätz

Ole wartet

Er wartete seit Monaten, genauer, seitdem die "Bornholm" das letzte Mal da war.

Jeden Abend, wenn die Dunkelheit über die kleine, graue Insel herabsank und sich spiegelte, fast schwarz, in den unergründlichen Tiefen der See, wenn der Wirt die Öllampe ansteckte, dann stieß er die Tür auf und füllte die ganze Öffnung aus mit seinem wuchtigen Schatten. Vornübergebeugt stapfte er, sich auf den schweren Knüppel stützend, durch den niedrigen, verräucherten Raum. Er ging von Tisch zu Tisch. Ganz nahe trat er an jeden Gast heran und starrte ihm ins Gesicht, eine ganze Zeit lang. Und seine blauen Augen blitzten.

"... du... bist du von der 'Bornholm'?... Nein, du nicht... und du da auch nicht... ich kenn sie alle... jeden von denen kenn' ich."

Fremde sahen ihn erstaunt, ja, verwirrt an. Wer ihn aber kannte, lächelte über Ole, den alten Mann mit dem wettergegerbten Gesicht und dem schlohweißen Haar. Er gehörte hierher auf diese Insel, wie ein schwerer Stein, den man nicht verschieben konnte. Tag für Tag durchstreifte er den schmalen Landrücken, war mit den Möwen vertraut und kannte wie kein anderer die verborgenen Brutplätze der Eiderenten. Indem er die Nase witternd gegen den Wind hob, verstand er es besser als der amtliche Wetterbericht, den auslaufenden Fischern vorherzusagen, ob ein Sturm sie von Nordwest her packen würde oder sie mit einem reichen Fang rechnen könnten. Ole war es, der im Voraus wusste, wann die ersten Wildgänse silberglänzend über einen tagblauen Himmel ziehen oder nachts, dann erkennbar am Rauschen der Flügel und dem klagenden Geschrei.

Jeder mochte Ole, die Leute hier und auch die Matrosen, wenn ihre Schiffe einmal diesen versteckten, einsamen Hafen anliefen. Mit offenem Mund, die Augen geweitet vor kindlichem Erstauen, lauschte er ihren Erzählungen von der großen weiten Welt, die er selbst nie kennengelernt hatte. Sie lachten dann und spendierten ihm ein Glas Bier oder manchmal sogar einen Grog.

Dennoch blieb er der einsame, alte Narr, der die Tiere liebte, zu dem die Menschen freundlich waren und der zu ihnen Vertrauen hatte, bis jener Morgen kam...

Schon ganz früh hatte er sich auf den Weg gemacht durch die Dünen, über das harte spärliche Gras und am hellen Strand entlang. Er hatte nicht mehr schlafen können. Immer wieder musste er daran denken, dass heute in der Frühe viele ausgebrütete Eiderenten schlüpfen würden, und er schritt kraftvoll aus in dem noch feuchten Sand, der unter seinen Schritten nachgab und der den Weg beschwerlich machte. Er lauschte auf die Brandung, die gleichmäßig gegen den Strand schlug, und auf vereinzelte Schreie der Möwen. Es beunruhigte ihn, dass es nur wenige waren, die er hörte, und die Unruhe wurde zur Angst.

Schneller schritt er aus, und sein Atem ging keuchend. Einmal musste er gar stehenbleiben und die Hand unter das Herz pressen.

Er hatte den letzten Sandhügel hinter sich gelassen und stand nun vor der kleinen, versteckten Bucht, in der die kargen Gräser von Land her bis ins Wasser hineinwuchsen. Hier nisteten die Eiderenten, und die Möwen stiegen in Schwärmen gegen den Seewind auf. So war es jedenfalls immer gewesen..

Dann stand er da, fassungslos, starrte auf den Horizont und dann wieder zurück auf die riesige, in allen Farben schillernde Lache vor ihm. Wie

13

flüssiges, zerlaufenes Blei schien sie jede verzweifelte Bewegung des wehrlosen Wassers unter sich zu ersticken. Und dann sah er die Vögel. Seine Lippen bebten, während er zu zählen versuchte.

"... eins, zwei... drei..."

Bald gab er es auf. Zwanzig waren es, dreißig, nein, hundert und dann nochmal hundert. Möwen, so weit das Auge reichte, verendete Möwen, starr und regungslos, einige mit nach oben gerichteten Beinen, serviert auf diesem schaurigen Tablett des Todes.

Und ganz nahe bei ihm, seinen Füßen, Enten, viele, viele Enten, und ihm war, als bewegte sich ganz schwach noch hier und da eine von ihnen in einem letzten verzweifelten Zucken.

Ole sah das alles wie durch einen Schleier, und während er auf das Wasser zuschritt, umfing ihn ein Geruch wie der von der Öllampe, wenn der Wirt spät abends die Flamme ausgeblasen hatte und ein zartbläulicher Rauchfaden schnell verwehte.

Die Wellen, schwach und unlustig glucksend unter dem Öl, schwappten nach seinen Füßen. Ole bückte sich und ergriff eine Ente, die fast unbeweglich und mit verschmiertem Gefieder vor ihm lag. Er sah sie lange an und auch die vielen anderen.

Dann ließ er sie wieder fallen, und sein lauter Klageschrei verklang zusammen mit dem einer einzelnen Möwe, die über ihn hinwegstrich,...

"... die Öllache war von der 'Bornholm'", erklärte der Wirt eines Abends, von einem Gast wegen des

14

sonderbaren Verhaltens des Alten befragt, "daran gab es keinen Zweifel... sie haben auch ganz schön berappen müssen, der Käpt'n und die Reederei... Damit war die ganze Angelegenheit erledigt, für die jedenfalls... aber nicht für Ole..." Er lachte, aber es war ein bedrücktes Lachen - und keiner lachte mit.
"Morgen läuft die 'Bornholm' ein. Nach langer Zeit mal wieder... Und die Leute, die Ole sucht, morgen wird er sie finden... hier, bei mir…"
Helmut Pätz

Rentenzahlung in Texas

In Bigtown und Umgebung erzählt man heute noch die wahre, wenn auch etwas makabre Geschichte vom alten Jim Crockitt, dessen Name in aller Munde war, den aber kaum jemand von Angesicht kannte, bis er eines Tages im Büro des Sheriffs erschien, seinen zerbeulten Cowboyhut auf den Tisch knallte, das silberweiße Haar aus der Stirn strich und seine Rente verlangte.
"Jim Crockitt?" Der Sheriff blickte auf. "Etwa jener Jim Crockitt, der vor dreißig Jahren mit seinen bloßen Fäusten einen Leitbullen in die Knie zwang und dadurch die Flucht einer ganzen Rinderherde durch den weißen Fluss verhinderte?"
"Eben der. Und jetzt bin ich hier, um Rente und Nachzahlung in Empfang zu nehmen."
Der Sheriff nickte, stand auf und ging zu dem altmodischen Geldschrank. Plötzlich drehte er sich um.
"Wie soll ich wissen, ob Sie wirklich Jim Crockitt sind? Sie müssen sich ausweisen."
"Ausweisen?" Jim sah ihn verständnislos an.
"Well. Ich muß Ihre Papiere sehen."

15

Jim Crockitt kratzte sich hinter dem Ohr. "Papiere? Nie gehabt. Kein Stück Papier. Solange ich lebe, nicht, und das ist schon 'ne ganze Weile."

"Tut mir leid." Der Sheriff zuckte die Achseln. "Sie müssen sich nun mal ausweisen, und zwar hier in meinem Büro. Das hier ist die einzige amtliche Behörde in Bigtown. Polizei, Bürgermeisterei und Standesamt zugleich. Hier auf den Tisch müssen sie liegen, die Papiere, wenn alles seine Richtigkeit haben soll."

Sie schwiegen beide eine Weile. Dann schlug Jim Crockitt mit der Faust auf den Tisch, dass das Tintenfass bedrohlich wackelte. Aber er sagte noch immer nichts.

Der Sheriff überlegte. "Vielleicht ist da noch einer von den Leuten im Ort, der Sie wiedererkennt und der bezeugen kann, dass Sie es wirklich sind. Los, kommen Sie!"

Sie gingen also auf den Marktplatz, riefen Männer und Frauen des Ortes zusammen und fragten, ob einer von ihnen bezeugen könnte, dass dieser Mann jener legendäre Jim Crockitt aus Bigtown in Texas sei.

Ein ungefähr ebenso alter Mann wie Jim trat vor. Er könnte es schon sein, meinte er kopf nickend, nur habe der Jim Crockitt von damals lockiges, schwarzes Haar gehabt... "aber, warten Sie, der echte Jim Crockitt wurde beim Kampf mit dem Bullen an der linken Schulter verletzt. Die Narbe müsste heut' noch zu sehen sein..."

Jim zog sein Hemd aus, und alles starrte ehrfürchtig auf die gewaltige Narbe auf seiner Schulter. Der Sheriff nickte zufrieden, gab ihm einen Wink und ging mit ihm ins Büro zurück. Hier trat er erneut an den Geldschrank. Plötzlich drehte er sich um.

"Jim Crockitt sind Sie. Das ist durch Zeugen bestätigt worden. Aber ich muss wissen, wie alt Sie sind. Sie müssen nämlich mindestens einundsechzig Jahre alt sein, damit ich Ihnen die Rente auszahlen kann."

16

Jim Crockitt knöpfte das Hemd wieder zu. "Bin ich, Sheriff, bin ich. Sogar noch einige Jahre drüber, das können Sie mir schon glauben." Er zwinkerte mit dem Auge. „Hab` extra so lange gewartet, damit sich die Nachzahlung lohnt."

Der Sheriff schüttelte den Kopf. "Sie müssen nachweisen, dass Sie mindestens einundsechzig Jahre auf dieser Welt sind, mit einer amtlichen Urkunde müssen Sie das nachweisen. Vorher kann ich Ihnen das Geld nicht auszahlen."

"Papiere hab' ich nicht, Sheriff", Jim Crockitt schloss den letzten Knopf, "aber wenn ich das Geld jetzt nicht bald kriege, schlag' ich hier alles kurz und klein."

Der Sheriff zog den Colt, ließ ihn eine "Acht" in der Luft wirbeln und meinte, dass das nicht viel Sinn hätte und eine Neueinrichtung des Büros zumindest die ganze Nachzahlung fressen würde.

Jim Crockitt ging, - erst wutschnaubend, dann nachdenklich, mit einer steilen Falte über der Nase...

Am nächsten Morgen kam er wieder. Auf der Schulter trug er einen riesigen Feldstein, in den steile Schriftzeichen eingraviert waren. Er legte ihn auf den Tisch des Sheriffs, dass die vier Tischbeine zur Seite wichen und Mühe hatten, sich wieder aufzurichten.

Der Sheriff starrte verständnislos erst auf den Stein, dann auf Jim.

"Was soll das?"

Jim Crockitt strich zärtlich über den rauhen Stein, und man glaubte ihm ohne weiteres, dass er vor rund dreißig Jahren einen Bullen in die Knie gezwungen hatte. "... Meine Papiere, Sheriff, meine Geburtsurkunde." Er wischte sich eine einzige Schweißperle von der Stirn.

Der Sheriff ging einmal um Jim und den Stein herum, beide misstrauisch von allen Seiten betrachtend. "Papiere? Geburtsurkunde?"

17

"Der Grabstein meiner Mutter", flüsterte Jim ehrerbietig, "ich hab' ihn mir ausgeliehen vom alten Friedhof zwischen Bigtown und Canary... hier sehen Sie: ihr Sterbedatum. Bigtown 1890. Ich denke, das beweist, dass ich mindestens einundsechzig Jahre auf dieser Welt bin... Okay?"
Der Sheriff starrte ihn wieder eine ganze Weile an, schüttelte den Kopf, las noch einmal die Inschrift, trat dann an den altmodischen Geldschrank und schloss ihn auf...
Helmut Pätz

Ruhiges Plätzchen im Urlaub

Eines Tages traf ich meinen Freund Bertram. Er lachte, und strahlte mich an aus sonnengebräuntem Gesicht. Auf einmal wurde sein Blick ernst, und er sah mich prüfend an.
"Du siehst nicht gut aus, alter Junge, du solltest endlich mal Urlaub machen."
„Urlaub?" Ich schüttelte den Kopf. "Menschenskinder, ich komme doch gerade aus dem Urlaub..."
Bertram war verwundert. "Und ich hätte ein doppeltes Gehalt darauf gewettet, dass du hochgradig urlaubsreif bist. Aber sicher warst du auf einer dieser einsamen Inseln im Norden. Keinen Tag Sonnenschein und der Rest Regen. Man sieht es dir an. Armer Kerl, ja, man kann Pech haben, nicht wahr? Warst du wenigstens versichert gegen Regen.?"
Insel im Norden? Gegen Regen versichert? Ich glaubte, nicht richtig gehört zu haben. "Irrtum, altes Haus. Im Süden waren wir. Mit dem Auto. Schweiz, Italien, Frankreich. Jeden Tag woanders. Das strengt ganz schön an und nimmt einem jede Sonnenbräune. Aber was soll's, man sieht was von der Welt... verstehst du?"
Bertram sah mich an, nickte zögernd. "Verstehe... ja."

18

"Aber du..." sagte ich, "du siehst geradezu blendend aus. Bestimmt warst du auf einer jener sonnenüberfluteten Inseln des Südens. Lass mich mal raten: Korsika, Sizilien... oder Madeira? Man sieht es dir an." Er schien eine Weile nachzudenken, dann ging ein Leuchten über sein gebräuntes Gesicht. "Süden? Madeira? Nicht die Bohne, mein Freund. Im Stadtpark war ich. Tag für Tag, von morgens bis abends. Den ganzen Urlaub über. Man sieht da kaum einen Menschen. Alle sind sie im Süden. Man sitzt ganz einfach da und lässt sich von der Sonne bescheinen. Am dritten Tag schon hatte ich einen Sonnenbrand. Und diese himmlische Ruhe! Man hört sogar wieder die Vögel singen... Ja, mein Lieber, es gibt kein ruhigeres Plätzchen im Urlaub als einen Stadtpark in der allgemeinen Ferien- und Reisezeit..."
Helmut Pätz

Schuhe aus dem Süden

Man müsse unbedingt da oben gewesen sein, sagte man uns. Einmal müsse man vom Gipfel des Vialotto hinabgeschaut haben in das weite Land auf der einen und auf die blaue, so unwahrscheinlich blaue Bucht auf der anderen Seite. Man müsse aber gutes, festes Schuhzeug mitbringen oder so lederne Haut an den nackten Füßen tragen wie die Alteingesessenen hier, denn es führe nur ein schmaler, steiniger Pfad nach oben. Man könne zwar einen Esel mieten, gewiss, aber diese apulischen Langohren seien oftmals recht störrisch, und man könne nie voraussagen, ob sie einen auch wirklich nach oben brächten oder gar rückwärts strebten. Dennoch - oben gewesen müsse man sein...
Ich sah auf meine Schuhe. Ich hatte sie erst kurz vor der Reise gekauft, aber man sah ihnen die vergangenen drei Wochen auf dem steinigen, sonnendurchglühten

19

Straßenpflaster deutlich an. Nein, mit ihnen würde ich den Gipfel des Vialotto bestimmt nicht erklimmen können. Aber, wie gesagt, oben gewesen sein müsse man ja...

Ich sah meinen Mann an, und er erwiderte meinen fragenden Blick. Dann seufzte er ergeben und zog die Brieftasche. "Aber wähle ein paar kräftige, zweckmäßige..." Ach, er kannte meine Vorliebe für ausgefallenes Schuhzeug nur zu gut. Dann ließ er sich wieder in den Sessel fallen und blinzelte träge in die Sonne.

"Natürlich", versicherte ich eifrig, "du wirst schon sehen, ich werde solche kaufen, mit denen ich sogar den Himalaya ersteigen könnte..." Ich neige zwar leicht zu solchen Übertreibungen, aber in diesem Augenblick meinte ich es ehrlich.

Wiederholt hatte uns der Weg beim Spazierbummel an dem Schuhgeschäft von Signor Scarpa vorbeigeführt. Es war das erste und einzige Geschäft dieser Art im Orte und lag in einer schmalen, halbschattigen Gasse. Blendendweiß war seine Fassade und Signor Scarpa stand immer, wenn er nicht gerade Kundschaft bediente - und das kam so viel wie gar nicht vor - in der offenen Tür, aus der es so verlockend nach frischverarbeitetem Leder roch, eigenartig untermischt mit all den undefinierbaren Düften des Südens. In dem einzigen kleinen Schaufenster lagen, in rotem Samt gebettet, Modelle, wie man sie sich schöner und eleganter in den ersten Geschäften von Rom oder Florenz nicht vorstellen konnte.

Wie von einem unwiderstehlichen Zauber angezogen, betrat ich den Laden. Signor Scarpas wissendes Lächeln zog mich geradezu hinein in diese geheimnisvolle Dunkelheit, und alle Herrlichkeit dieser Erde schien sich mir aufzutun.

20

Ich sah Schuhe. Schuhe? Entzückende, unwirkliche Traumgebilde, in allen Farben, in allen Formen, aus weichstem, biegsamen Leder und auch solche, die nur aus Sohle bestanden, mit einem Hauch von Filigran, die die Füße umschmeichelten, mit einer Linienführung, einem solchen eleganten Schwung, dass es mir den Atem verschlug.

Als ich in den einzigen weichgepolsterten Kundenstuhl sank, schloss ich für einen Augenblick überwältigt die Augen. Und als ich sie wieder öffnete, sah ich meine Füße vor mir in dem großen Spiegel an der Wand, sah meine ausgetretenen, zerschundenen Schuhe, an denen Form und Farbe fast nicht mehr zu erkennen waren.

Ich schämte mich entsetzlich!

Dann aber stand Signore Scarpa strahlend vor mir. In der Hand, unterm Arm, mit und ohne Karton, hielt er die ausgefallensten Schuhträume, und ein letzter verschwebender Gedankengang ließ mich erkennen, dass ich in dieser Stunde eines apulischen Märchens meinen dringenden Bedarf an gebirgsbewährtem Schuhzeug - war es wirklich noch mein Wunsch? - niemals würde äußern können.

Und dann umfingen sie zärtlich werbend meinen Fuß, - die elegantesten, die verrücktesten Modelle, die ich jemals anprobiert hatte. Signor Scarpa stand drei Schritte abseits und stieß abwechselnd kleine Schreie der Bewunderung aus oder klatschte entzückt in die Hände.

"Bezaubernd, Signora", rief er ein um das andere Mal aus, "...wenn ich bitten dürfte... ein paar Schritte nur..."

Ich tat die gewünschten Schritte, zwei, drei... und kaum verspürte ich das leichte Ziehen über dem Spann. Aber was machte das schon? Zeit und Raum - und kleinliche Bedenken, sie hatten hier ihre Bedeutung verloren,

"Leider, Signore", wagte ich einen letzten vernünftigen Einwand, "leider, fürchte ich, sind meine Füße ein wenig zu groß geraten für solche exklusiven Köstlichkeiten."

21

"Zu groß?" Signor Scarpa rang nach Luft, und für einen bangen Augenblick lang dachte ich, ihn würde der Schlag treffen. Aber ebenso schnell hatte er seine Fassung wiedererlangt, und während er niederkniete, um mit elegantem Schwung die umherliegenden Schuhe wieder einzusammeln, sagte er mit geheimnisvoller Stimme: "Kennen Sie die Gräfin Gaspani, Signora?" Eine herrische Handbewegung schloss jeden Zweifel aus. "Natürlich kennen Sie die Gräfin Gaspani! Jeder kennt sie. Doch nur ich weiß, dass die Gräfin Schuhgröße 46 hat.

Aber wenn sie im Einspänner die Allee entlangfährt, dann ist sie so schön, dass sich sogar die Pinien vor ihr verneigen. Und niemals würde jemand von ihren zu großen Füßen sprechen, ja, sie überhaupt auch nur wahrnehmen..." Und mit mühsam unterdrücktem Stolz fügte er hinzu: "Und die Gräfin Gaspani, sie kauft ihre Schuhe nur bei mir."

Ich erstand die Schuhe, die bezauberndsten, die ich je erblickte, die teuersten, die ich je bezahlte.

Die Besteigung des Vialotto aber fiel aus, denn gegen Mittag schob sich eine dunkle Wolkenwand vom Meer her über den Bergrücken. Es gab den einzigen heftigen Regen dieses Urlaubs. Am nächsten Tag fuhren wir ab.

Signor Scarpas Schuhe stehen in meinem Kleiderschrank ganz hinten, gleichsam versteckt hinter einem Stapel Wäsche. Natürlich trage ich sie nie. Denn was mir in jenem apulischen Traum nur als leichter Druck erschien, erwies sich in unserem nüchternen Zuhause als harte Wirklichkeit: Die Schuhe waren natürlich zu klein, viel zu klein! Trotzdem - ab und zu nehme ich sie verstohlen in die Hand, streichle zärtlich ihr herrlich weiches Leder und denke dabei an den wundervollen Süden, an die Allee mit den Pinien und an die Gräfin Gaspani, die ihre Fußbekleidung nur bei Signor Scarpa bezieht. Aber der entscheidende Unterschied zwischen uns beiden besteht

22

wahrscheinlich nicht nur in ihrer adligen Herkunft, sondern vor allem in der Tatsache, dass sie in der Kutsche fährt, während ich zu Fuß gehen muss...
Irene Pätz

Weiter Weg nach Swallow

Der Weg war beschwerlich.
Über Cockhill konnte man ihn abkürzen. Aber auch das bedeutete immer noch drei Stunden übers Hochmoor, auf Pfaden, die man genau kennen musste, bedeutete einsame, geröllübersäte Wege in nebligen Tiefen und schattigen Mulden, bevor die Sonne glutrot aus dem unendlich fernen silbernen Streifen des Meeres auftauchte, um sich dann wie flüssiges Gold darüber zu ergießen. Später dorrte sie alles aus hier oben, und das hieß Durst, die ganze Zeit über Durst, denn Häuser gab es hier nicht.
Archie spürte von alledem nichts. Nicht die scharfen Steine an den nackten Füßen und nicht die zerschlissene Ledertasche mit den wenigen Büchern und Schulheften, die um seine Schulter schlenkerte. Er lief, atmete keuchend, und seine Brust schmerzte. Fast wie im Traum folgte er den schlängelnden Windungen der Straße nach, aus denen sich nach und nach die Schatten des frühen Morgens lösten.
Bis um zehn Uhr musste er in Swallow sein!
Er hatte Angst. Wenn er lief, dachte er an das Geld, und er verfiel vorübergehend in einen Gehschritt. Die kleine Hand tastete in die Hosentasche, und erleichtert fühlte er, dass er den Schatz noch bei sich hatte. Dann begann er wieder zu laufen.
Er dachte an Frankie, den er mit dem Geld loskaufen wollte. Whitaker sollte ihn nicht mitnehmen über das große Wasser. Sein kleines Herz hämmerte angstvoll. Irgendwo im Nebel bellte ein Hund auf einem

23

abgelegenen Gehöft, und von weit her erreichte ihn das vielstimmige Geblöke einer Schafherde.

Er hasste Mister Whitaker. Er hatte ihn nie gesehen, aber er hasste ihn. Keiner hier von den Leuten mochte ihn, weil er jeden übers Ohr haute.

Hinter Cockhill traf ihn der erste frische Windzug von See her, und auf einmal hörte er hinter sich das Eselsgespann heranpoltern. Das konnte nur der alte Mike sein. Archie blickte nicht auf, während die Räder auf steinhartem Boden vorüberknarrten. Er hoffte inständig, dass Mike ihn nicht erkannte. Dennoch war er fast sicher, dass der Alte sich auf seinem Bock noch einmal kopfschüttelnd nach ihm umdrehte.

Der feuchtwarme Hauch von Seetang und Salz umfing ihn in den schmalen Straßen von Swallow, und zwischen den kleinen, meist schiefergedeckten Häusern hing das gleichbleibende Rauschen des nahen Meeres. Zwei- oder auch dreimal vielleicht in seinem Leben war er hier gewesen. Mike hatte ihn auf seinen Wagen mitgenommen, aber er kannte keinen Menschen hier im Ort. Es waren nur wenige Straßen, die zum Wasser führten, und man konnte sich gar nicht verlaufen. Aber er hatte Angst. Er wusste nicht, wie spät es war. Aber er fühlte, dass die Zeit drängte, und er dachte an Frankie.

Seine Brust schmerzte, und für einen Augenblick war er eingehüllt in die schrillen Schreie der Möwen, als er endlich auf der altersgrauen Holzbrücke stand. Vor ihm wiegte sich das Schiff, klein, rostig, verkommen, mit qualmendem Schornstein. Noch einmal glitt seine Hand in die Tasche. Gottlob, das Geld war noch da! Dann lief er über die morschen Holzplanken, und zwischen den breiten Rissen sah er unter sich das Wasser blinken.

An der Reling lehnte ein Mann mit ölverschmierten, nackten Armen.

"Ich möchte zu Mister Whitaker!" rief Archie.

24

"Mister Whitaker? Da hättest du früher kommen müssen! Wir stechen gleich in See!"

Archie trat von einem Bein aufs andere. "Aber es ist eine dringende Sache, Sir. Es ist nämlich wegen Frankie!"

"Frankie?" Der Mann schüttelte den Kopf. "Kenn` ich nicht. Aber ich will mal sehen, vielleicht hast du Glück..."

Archie sah, wie er im Innern des Schiffes verschwand. Nach einer Weile kam ein Mann auf ihn zu, breit untersetzt, und er blickte in ein grobes, gerötetes Gesicht mit einem speckigen, schwarzen Hut darüber.

"Also, was willst du... ich kenn' keinen Frankie."

"... Sie haben ihn gekauft, Sir. Sie wollen ihn mitnehmen nach drüben. Aber er ist mein bester, mein treuester Freund, und ich möchte ihn von Ihnen zurückkaufen."

Ein verständnisloser Blick traf ihn. "Ein Freund von Dir? Unsinn! Ich kauf keine Kinder. Wir haben überhaupt keine Kinder an Bord."

"Frankie ist ein Pferd, Sir. Sie haben ihn gestern nachmittag aus Blackmoore abgeholt."

"Von Blackmoore?" Jetzt erst schien Mister Whitaker zu verstehen. "Ach, den meinst du, den alten, klapprigen Gemeindegaul..."

"Er ist stark und schön," widersprach Archie trotzig, "wir sind die besten Freunde. Bitte, geben Sie ihn mir wieder!"

Whitaker schüttelte den Kopf. "Das geht nicht. Die Gemeinde ist froh, dass sie ihn los ist. Da oben hat keiner Futter übrig für einen alten Gaul, der nicht mehr arbeiten kann. Außerdem hab' ich ihn gekauft."

"Die Leute sagen, sie wollen ihn aufs Festland bringen. Aber er soll nicht sterben in diesen grässlichen, dunklen Schlachthöfen..."

"Er taugt nichts mehr. Junge."

"Ich hab' Geld, viel Geld, Sir. Ich geb' Ihnen alles, was ich habe."

„So?" Der Viehhändler überlegte. " Wie viel denn?"

25

. "... eine ganze Menge, Sir... hier." Und er holte Shilling auf Shilling und Penny auf Penny hervor und zählte sie Mister Whitaker in die Hand. Er lächelte und war voller Hoffnung.

"Sieben Shilling und dreiundzwanzig Pence..." Der Mann sah ihn verblüfft an, dann lachte er lauthals. "Ist das alles? Weißt du, was ich der Gemeinde gezahlt habe? Ganze zehn Pfund! Bar auf den Tisch. Das reicht kaum für die Überfahrt. ... Hier hast du deine paar Kröten wieder, und ich bin sogar großzügig und leg` noch einen Shilling dazu. Trink noch ein Glas Limonade beim alten Perkins, ehe du dich auf den Heimweg machst."

Und mit diesen Worten schritt er über die Gangway zurück, die gleich darauf hinter ihm aufs Schiff gezogen wurde. Archie stand fassungslos da. Durch einen dichten Tränenschleier sah er, wie Mister Whitaker noch einmal zu ihm herüberwinkte, und er hörte sein heiseres Lachen.

"Frankie!" stieß Archie jammervoll hervor, und noch einmal: "Frankie..."Und ihm war, als vernähme er hinter den grauen Schiffsplanken ein letztes fernes Wiehern.

Der Rückweg ging ständig bergan, und der kühlende Seewind blieb hinter ihm zurück.

Es war alles vergeblich gewesen. Frankie war weg! Für immer! Die furchtbare Enttäuschung nahm ihm alle Kräfte. Er taumelte unter der doppelten Last der brennenden Sonne und der quälenden Müdigkeit... Und nur ganz kurz kam ihn der Gedanke an den neuen Lehrer, der so streng war und sicher schon zu Haus nachgefragt hatte, warum er heute in der Schule gefehlt hatte.

Der alte Mike fand den Jungen schlafend im Schatten am Rande des Weges. Er schüttelte den Kopf, kletterte vom Wagen und bettete ihn behutsam neben sich auf dem Sitzbrett.

"Hast einen weiten Weg hinter dir, Archie, weit für deine Beine, aber noch viel weiter für dein kleines Herz..."

Helmut Pätz

26

Zuzutrauen wär es ihm...

Enrico winkte schon von weitem.
Und das geschah, als die Lokomotive des Bummelzuges mitten in der geröllübersäten, hitzeflirrenden Ebene zwischen Palermo und der Endstation Cintaro noch ein paarmal schnaufte und dann keuchend stillstand. Das Wasser war alle. Wie immer. Und der Zugführer garantierte einen längeren Aufenthalt, bis man eine halbe Kesselfüllung auf Eselsrücken herbeigeschafft hatte. Draußen schien eine heiße Sonne vom wolkenlosen Himmel, und das Abteil war ein einziger Brutofen. Also verließ ich den Zug und freute mich auf das Wiedersehen mit Enrico.
Ich schlenderte die Gleise entlang.
Enrico hockte im Schatten der Sykomore. Am Stamm lehnte die zerbeulte Schaufel. Rundherum hatte er in unregelmäßigen Abständen Löcher in den steinigen Boden gegraben, so tief, dass man einen ausgestreckten Arm hineinstecken konnte. Er langte in das nächstliegende Loch hinein und holte eine bauchige Korbflasche hervor.
"Ich wusste, dass Sie kommen würden, Signore... der gute Zaffarrano, er hält sich so gut kühl da unten."
Ich setzte mich zu ihm. "Wie steht's, amico?"
Er schüttelte den Kopf. "Noch immer nichts..."
Aber aufgeben würde er nicht. Das wusste ich inzwischen.
Vor ziemlich genau fünf Jahren hatte ich ihn kennengelernt, hier an derselben Stelle, als der Lokomotive mal wieder das Wasser ausgegangen war, so wie heute. Enrico stand in der prallen Sonne neben den Gleisen. Er stützte sich auf die zerbeulte Blechschaufel und wischte sich die Schweißtropfen von der Stirn. Ich schätzte ihn auf mindestens siebzig Jahre, und er war der

27

erste Sizilianer, von dem ich sah, dass er sein Land umgrub.

Ich trat zu ihm. "Ihr Land, Signore?"

Er sah mich an, eine ganze Weile, dann nickte er. "Si."

"Erdöl?" Ich stieß einen Stein beiseite. "Ziemlich aussichtslos, nicht wahr?"

Er nahm die angebotene Zigarette, machte einen tiefen Zug und sah mich wieder an. "Sie sind nicht von hier, Signore?"

"Ich bin nur auf der Durchreise." Ich machte eine Kopfbewegung zum Zug hin, der ein paar hundert Meter hinter uns auf den Schienen stand.

"... das passiert jedesmal", grinste Enrico, "ich denke, der Mann von der Lokomotive will den Leuten hier immer ein paar Lire zukommen lassen, wenn die ihm auf ihren Eseln das Wasser für seinen Kessel bringen." Dann hatte er sich umgeschaut, das ganze Land, von Horizont zu Horizont, mit einem Blick überflogen und war ganz nahe an mich herangetreten: "... ich suche mein Vermögen..."

"Vermögen?"

"Ich hab's vergraben." Ich glaubte, nicht richtig gehört zu haben.

"... Ja, vor zehn Jahren, alles was ich besaß. Ich bin ein reicher Mann, Signore, das Land hier gehört mir, so weit Sie sehen können, bis auf den Streifen für die Eisenbahn. Ich hab' ihn an die Gesellschaft verpachtet... Wenn man Land besitzt, ist man wer hier auf Sizilien..."

"Warum aber haben Sie Ihr Geld vergraben?"

"Wegen meiner Söhne. Sie sind aus der Art geschlagen. Alle drei. Vom rechten Weg abgekommen, den ich ihnen vorgezeigt hatte. Sie warfen mit Geld nur so um sich. Carlo handelte mit gestohlenen Autoreifen, Benito fing Fische mit Dynamit und Alfredo ging in den Norden, um zu schmuggeln. Als sie dann hinter Gittern saßen, alle drei, da habe ich sie enterbt und vergrub mein ganzes

28

Geld. Selbst nach meinem Tode sollten sie es nicht wiederfinden."

Er seufzte, und ich sah ihn fragend an. "Sie wurden vorzeitig entlassen. Alle drei. Begnadigt wegen guter Führung... und, nicht wahr, Signore, wenn das Hohe Gericht ihnen Gnade gewährt, dann muss ich es als Vater doch auch?!"

Ich nickte zustimmend.

"Aber jetzt..." Er hob die Schultern und ließ sie wieder fallen.

"Was... jetzt?"

Er sah sich ratlos um. "... jetzt kann ich die Stelle nicht wieder finden, wo ich das Geld vergraben habe."

Das war vor fünf Jahren.

Die Esel mit dem Wasser waren inzwischen eingetroffen. Die Lokomotive pfiff zur Abfahrt des Zuges. Ich wünschte Enrico weiterhin viel Glück, und er bat mich, jetzt schon zum fünften Mal, mit denselben beschwörenden Worten, niemanden von unserem 'gemeinsamen Geheimnis' etwas zu verraten.

Vom Abteilfenster aus winkte ich ihm noch einmal zu.

Im nächsten Jahr fahre ich wieder nach Cintaro. Ich werde Ausschau halten, wie weit Enrico nun mit seiner Graberei gekommen ist. Vorausgesetzt, er findet sein Geld nicht wieder, macht er doch auf diese Art und Weise nach und nach seinen ganzen Besitz urbar, und eines Tages hat er fruchtbares Land. Wer weiß, zuzutrauen wäre es ihm...

Helmut Pätz

Zwei aus Jamaika

An diesem Morgen reichte es mir. Ich hielt es nicht mehr aus. Ich rief Mister Parker an.

"... hören Sie, das geht zu weit", sagte ich, "Ihre Leute machen sowieso schon solchen Krach. Zweimal in der

29

Woche, in aller Herrgottsfrühe. Jetzt haben Sie auch noch einen Schwarzen dabei mit einem Köter, so einem struppigen, der jeden Winkel abschnuppert. Überall kriecht er hin, und außerdem weckt er meinen kleinen Harry auf, der um diese Zeit sonst noch schläft..."

"Tut mir leid, Mister Smith. Aber wir kriegen keine Leute für die Müllabfuhr. Der Jones ist aus Jamaica gekommen. Vor vier Monaten. Er hat nichts mitgebracht außer dem Hund. Ein widerliches Viech, ich weiß... echte Mischrasse..."

"Ein echter Bedlington-Terrier, ich weiß, Mister Parker, und wenn er gewaschen und getrimmt werden würde, könnte man das sogar erkennen."

"Ich versteh' nichts von Hunden. Interessiert mich auch nicht weiter. Ich weiß nur, dass Jones ihn von drüben mitgebracht hat. Er hat ihn immer bei sich, weil er ihn sonst nirgendwo lassen kann. Tut mir leid, Mister Smith, aber ich kann auf Jones nicht verzichten. Er ist einer meiner besten Arbeiter. Ich hab' übrigens schon mehrere Beschwerden deswegen. Aber was soll ich machen? Können Sie mir vielleicht einen gleich guten Mann zur Verfügung stellen? Also, Mister Smith, wenn Ihnen der Köter nicht passt, müssen Sie schon auf meinen Abholdienst verzichten, so leid es mir tut..."

Parker hatte ja Recht. Da war nun mal nichts zu machen. Die Männer würden also wieder Punkt sechs Uhr in der Frühe Krach machen mit ihren blechernen Mülleimern, und der Köter würde mir wieder bellend zwischen die Beine hindurchzischen, wenn ich, wie gewohnt, die Haustür öffnete.

Man konnte den Wagen schon lange vorher hören, wenn sie in die Straße einbogen, mit den Behältern klapperten und sich laut etwas zuriefen. Und mit ihnen kam das Kläffen des Köters. Ich hatte über einen eiligen Artikel für unsere Lokalzeitung gebrütet und war spät ins Bett gegangen. Jetzt schlug ich mit der Faust auf den Tisch.

Heute würde ich es ihnen sagen, den Männern, und vor allem dem Schwarzen. Ich öffnete die Tür und ging im Dämmern des Treppenhauses nach unten. Sie waren jetzt auf dem Hof. Ich hörte ihre Stimmen. Von vorn kam das gedämpfte Motorengeräusch des wartenden Wagens.
Ich trat in die Hoftür. "He!" rief ich.
Dann stand der große Schatten des Schwarzen vor mir.
"Ja, Mister...?"
Der Mann überragte mich um Kopfeslänge, und es erschien mir fast grotesk, dass ich ihn jetzt zurechtweisen musste. Da klappte plötzlich oben meine Wohnungstür zu, und dann ging alles so schnell, dass ich die huschende Bewegung, die mich streifte, eben nur noch wahrnahm.
"Harry!" rief ich. "Harry..."
Mein Junge war gerade drei Jahre alt. Immer hatte ich schon Angst gehabt, dass er einmal in einem unbewachten Moment auf die Fahrbahn laufen würde.
In diesem Augenblick schoss der Hund zwischen unseren Beinen hindurch.
"Jake!" rief der Neger ihm nach. "Jake!"
Ich stand wie erstarrt, und der Schwarze aus Jamaica mußte mein Entsetzen spüren. Ich fühlte seinen Blick, dann starrte auch er zur Haustür.
"Harry", stieß ich hervor, löste mich aus meiner Erstarrung und rannte nach vorn. "Harry..."
Beide zugleich erreichten wir die Haustür. Unsere Körper prallten zusammen, und von der breiten Schulter des Anderen zurückgeschleudert, taumelte ich gegen die Wand. Von der Straße her hörte man das Knurren des Hundes. Ich stürzte hinaus.
Harry lag vor mir auf dem schützenden Gehweg. Er lag auf dem Bauch und schrie. Der Hund hatte ihn am Zipfel des Nachthemdes gepackt und zerrte ihn zurück. Zwei Autos rasten kurz hintereinander vorbei. Ihre Lichter blitzen auf.

31

"Harry..." sagte ich und hob den weinenden Jungen auf. Ich war schweißgebadet.

"Komm, Jake", sagte der Neger. Der Hund gehorchte sofort und strich vertrauensvoll an der Hose seines Herrn entlang.

Was geschehen war, hatte außer uns beiden keiner gesehen. Es hatte sich ja alles in wenigen Sekunden abgespielt. Sicher war der Hund Harry gefolgt, weil durch dessen huschende Bewegung sein Spieltrieb erwacht war. Vielleicht aber hatte er tatsächlich gespürt, in welcher Gefahr das Kind schwebte.

"Ihr Hund hat meinem Jungen das Leben gerettet." Ich schluckte, als ich sah, daß Harry nur eine kleine Hautabschürfung am Knie hatte.

Der Neger nickte. "Weiß nicht, Mister... vielleicht... mein Jake ist ein prima Hund." Er zeigte seine blitzenden Zähne.. "...wenn er auch nicht so aussieht..."

Es kam ab und zu vor, dass ich dem Müllwagen mit den Männern tagsüber in irgendeiner Straße begegnete. Dann zog ich jedesmal den Hut, und auch der Schwarze aus Jamaica tippte dann an seine zerbeulte Mütze. Der kleine, struppige Köter kam dann zu mir gelaufen, schnupperte an meinem Hosenbein, bellte mich schweifwedelnd an, und ließ gleich darauf wieder uninteressiert von mir ab.

Harry aber wartet jetzt zweimal in der Woche morgens ganz früh auf seinen Freund. Und jedesmal hat er einen großen Knochen für ihn in seinen kleinen Händen, während ich mit Mister Jones aus Jamaica eine Zigarette rauche.

Eines Vormittags rief mich Mister Parker an. Es freue ihn zwar, dass meine Einstellung zu dem kleinen, hässlichen Köter sich geändert habe, aber ich möchte doch seine Leute nicht immer so lange von der Arbeit abhalten...

Helmut Pätz

32

Alles Einbildung

Der reiche McLean wohnte im nördlichsten Zipfel Schottlands, da, wo es an 180 Tagen im Jahr schneite oder regnete und an ebenso vielen Tagen die Sonne nicht schien. Eines Tages fühlte er sich nicht wohl.

"Ihnen fehlt eine Luftveränderung", sagte der Arzt, nachdem er ihn gründlich untersucht hatte. "Sie brauchen Sonne, viel Sonne."

McLean wies missmutig auf den strömenden Regen, der gegen die Fensterscheiben prasselte. "So geht das seit zwölf Wochen, Doc, wo soll ich da die Sonne hernehmen?"

"Ich sagte ja - Luftveränderung. Sie müssen weg, mein Lieber, in den Süden. Am besten für ein halbes Jahr."

"Verreisen? In den Süden?" McLean schaute betroffen drein. "Sagen Sie, Doc, haben Sie nicht eine billigere Medizin?"

Der Arzt überlegte einen Augenblick. Auch er war Schotte.

"Hm", sagte er dann, "lassen Sie Ihr Zimmer streichen. Gelb und Orange, wie die Strahlen der hochstehenden Sonne. Dann ziehen Sie sich aus, schließen die Augen und sagen immer wieder vor sich hin:' Ich bin an der Riviera! Ich bin an der Riviera!' Das müsste auch helfen und kostet Sie nicht den hundersten Teil."

McLean nickte dankbar, eilte nach Hause und folgte dem ärztlichen Rat.

Nach vierzehn Tagen ließ er den Arzt rufen. Der fand McLean nur mit einer Badehose bekleidet, umgeben von summenden Ventilatoren, Sonnenschirmen und Siphonen mit eisgekühlten Getränken, auf dem Bett liegend. Seine Haut war krebsrot und er stöhnte herzerweichend.

Der Arzt machte ein nachdenkliches Gesicht, dachte eine Weile nach und ließ den Patienten schnell ins nächste Krankenhaus schaffen.

33

Er hatte nämlich schon viele Krankheiten behandelt in seinem Leben, - noch nie aber einen Sonnenstich.

Helmut Pätz

Der Fremde aus dem Norden

Die Nacht war sternenklar, schön und milde wie der Wein, der an den Hängen reifte. Im Dorf feierten sie das Fest der Pescatores, und alles war dabei, was Beine hatte..
Margerita presste das heiße Gesicht in den weißen Sand.
Mama mia, nicht einen einzigen Tanz hatte sie ausgelassen, und immer war es Antonio gewesen, der sie in den Armen gehalten hatte. Antonio... Unwillig stieß ihr Fuß einen Stein beiseite, und für einen Augenblick verdunkelte der Schatten einer Wolke das Licht des Mondes. Natürlich hatte sie nicht vergessen, dass sie schon lange vorher Pietro den Tanz versprochen hatte. Aber warum war er auch so wie er war, der Pietro? Warum schwieg er, wenn der andere redete, mit Worten so süß, dass sie einen schier um den Verstand bringen konnten? Warum schlossen sich seine Lippen zu einem schmalen Strich, warum blickte er so mürrisch drein, während der andere mit seinem sieghaften Lachen alle Menschen bezauberte?
Sie ließ sich in den Sand fallen und verschränkte die Arme hinter dem Kopf. Pietro, den kannte sie von Kindesbeinen an. Treu, das war er, ehrlich und zuverlässig. Auf seine Worte konnte man bauen, si, einen Kirchturm konnte man darauf bauen. Alle hier sagten das. Und alle wussten, dass sie eines Tages heiraten und in einem der kleinen, weißen Häuser mit den vielen bunten Blumen davor wohnen würden - mit ebenso vielen kleinen Bambinos darin. Aber auf einmal genügte ihr das alles nicht mehr. Jetzt war e r gekommen, der Andere aus dem Norden, aus der großen Stadt. Er war

gekommen, mit seinem Lachen, seinem wiegenden Schritt, seinen zärtlichen Worten. Und er war stark, so stark, dass er einen ganzen Baumstumpf hoch über dem Kopf schwingen und dazu noch laut singen konnte. Ja, so ein Kerl war er, dieser Antonio. Und so einen wollte sie haben...

Stimmen schreckten auf sie aus ihren Gedanken, männliche Stimmen. Sie versteckte sich hinter einem Sandhügel, und schemenhaft erkannte sie die Umrisse der beiden. Ganz nahe kamen sie heran. Antonio und Pietro!

Ihr Herz schlug bis zum Hals. Antonio und Pietro! Sie würden sich doch nicht etwa schlagen wollen, die beiden? Sie hatte so etwas schon oft im Kino gesehen, und fast immer war es da um ein Mädchen gegangen. Und dann war da auch schon Antonios Stimme, diese Stimme und dieses Lachen:

"... nichts für ungut, Pietro, deshalb keine Feindschaft, bah, du kannst sie haben, deine Margerita... ich will sie ja gar nicht. Eigentlich ist sie überhaupt nicht mein Typ, weißt du, bei uns da oben, da gibt es viel schönere Mädchen... ich hab' da mal eine gekannt..." Die Stimme verlor sich in der Nacht, die Schritte entfernten sich wieder.

Margerita hockte wie erstarrt im Sand. Sie wusste nicht wie lange, und sie begriff nicht, dass alles um sie herum noch so war wie vorher; die warme Nacht, der Himmel über ihr mit den vielen Sternen und das Meer, dessen Wellen gleichmäßig an den Strand schlugen.

Als sie am nächsten Tag Pietro begegnete, hatte sie nicht einmal mehr verweinte Augen. Ungeschickt fasste er ihre Hand: "... wie gut, dass ich dich treffe, Margerita. Einen schönen Gruß soll ich dir bestellen von Antonio. Er musste ganz plötzlich fort, eine ganz dringende Angelegenheit, und..." Er stockte. So viel auf einmal hatte er selten geredet. "... und ich soll dir noch sagen,

dass er nie ein schöneres Mädchen gesehen hat als dich...
nicht einmal in Florenz..."
Margerita sah ihn an, eine ganze Weile, aber er wich
ihrem Blick nicht aus, und dann nickte sie nur.
Schweigend gingen sie weiter, Seite an Seite. Wie
selbstverständlich passte sie sich seinem Schritt an, der
nicht schwingend war, sondern ungelenk und schwer.
Aber kommt es darauf an? Einen Baumstumpf hoch über
dem Kopf schwingen und dazu noch laut singen, nein,
das konnte er wohl nicht, aber sie an die Hand nehmen
und durch das Leben führen, dazu war er allemal stark
genug, ihr Pietro!
Und auf einmal konnte sie wieder lachen, und sie lachte
noch mehr, als der alte Mario, der ihnen begegnete, mit
einem Seitenblick auf den verlegenen Pietro fragte: "Sag,
was war denn mit dem Fremden los? Ich hab' ihn
gesehen, als er heute morgen auf den Bus nach Florenz
wartete... Mama mia, hatte der ein blaues Auge... so dick
wie eine Orange..."
Irene Pätz

Mittag in Mexiko

Als die Sonne am höchsten stand, packte Antonio den
Holzkasten mit Bürste, Lappen und den verschiedenen
Schuhkrems, die für braune und die für schwarze Schuhe,
die für die guten und die weniger guten Kunden, um
wieder nach Haus zu gehen. Heute hatte er nicht viele
Kunden gehabt. Es war kein gutes Geschäft gewesen.
Dabei hätte er so gern drei oder vier heiße Plazentas mit
nach Haus gebracht, eine für den Vater, der krank auf
dem Stroh lag, die anderen hätten sie sich geteilt, die
Mutter, die Kleinen und er. Aber es war nichts daraus
geworden. Dabei hatte er es ihnen versprochen, heute in
der Frühe, als er, den riesigen Stuhl auf den schmalen
Schultern, losgezogen war. Er hätte schwören mögen,

36

dass er es geschafft hätte. Jetzt schwankte er wieder nach Haus, sie würden ihn ansehen, fragend, aus großen dunklen Augen, die Mutter ein wenig länger, um dann mit einem Achselzucken einen Rest Maismehl in das schon kochende Wasser zu rühren. Keiner aber würde seine Enttäuschung zeigen, der Vater sogar ihm zulächeln. Er wusste, wie hart es war, mit zwölf Jahren stundenlang in der gleißenden Sonne auszuharren, um mit leeren Händen zurückzukehren. Dann würde er sich umdrehen auf seinem Krankenlager und die Wand anstarren..

Da versperrte ihm ein großer wuchtiger Schatten die hochstehende Sonne. "He!" sagte eine Stimme, "schon Feierabend?" Antonio erkannte die Stimme. Sie duldete keinen Widerspruch. Obgleich die Sonne ihn blendete, wusste er, dass es Senor Arentino war

Er setzte den schweren Stuhl ab. "...ich wollte...Senor... ich hatte keinen Kunden heute, den ganzen Tag über nicht.

"Komm'! Bedien' mich! Mach' schnell und mach' gründlich... ich hab' Wichtiges zu erledigen...." Dann saß Senor Arentino im Stuhl, die Schuhe auf der Holzbank, groß und breit, den Strohhut in den feisten Nacken geschoben. Er hatte ihn nur einmal gesehen. Aber das Gesicht würde er nie vergessen.

Senor Aretino gehörte das Haus, in dem sie wohnten, der Vater, die Mutter, die Kleinen, er, - bis der Vater krank geworden war und nicht mehr hinuntergehen konnte auf die Plaza, um den Leuten die Schuhe zu putzen, und es gab nur noch Mais, in Wasser gekocht, Tag für Tag.

Eines Abends war Senor Arentino gekommen. Die wuchtige Gestalt füllte die ganze Stube aus. Er sprach zum Vater, die anderen beachtete er nicht. Er verstand nicht, worüber sie sprachen, trotz der gewaltigen Stimme. Doch dann: "Ich komme jetzt zum drittenmal wegen der Miete. Sie müssen 'raus! Ich hab' schon einen neuen

37

Mieter, der will das Doppelte zahlen... nehmen Sie den Stall hinten im Hof. Das Dach ist undicht, aber für eine Woche können Sie da bleiben. Dann müssen Sie weg. Sie und Ihre Familie." Er selbst hatte das Gesicht von Senor Arentino nur ganz flüchtig gesehen im fahlen Schein der Kerze. Aber er würde es nie vergessen. Seit jenem Abend hasste er Senor Arentino. Niemals würde er ihm die Schuhe putzen. Er würde ihm auf die staubigen Schuhe spucken, wo doch jeder wusste, dass es die größte Beleidigung war, jemanden auf die Schule zu spucken. Es sei denn als Abschluss der Arbeit, um allem den letzten Glanz zu verleihen. Das freute dann den Kunden ganz besonders.

Er selbst hatte schon daran gedacht betteln zu gehen, wie Lopez von gegenüber und all die vielen anderen auch. Aber er konnte das nicht.

Als der Vater eine Woche gelegen hatte, sagte er ihm, dass er auf die Plaza gehen wolle, um den Leuten die Schuhe zu putzen. Der Vater hatte ihn angesehen, lange. "... du mit dem schweren Stuhl?" Dann hatte der Vater die Mutter angesehen und sie ihn, und beide hatten sie zu den Kleinen hinübergeschaut, die ganz still in der Ecke hockten.

Er war losgezogen mit dem großen Stuhl und dem Schuhputzzeug im Kasten. Unzählige Male hatte er absetzen müssen unterwegs, und als er auf der Plaza ankam, hatte es vor seinen Augen geflimmert...

Und jetzt saß Senor Arentino auf seinem Stuhl, und er putzte ihm, seinem Feind, die Schuhe. Er putzte sie besonders gut, so gut, dass sie in der Sonne funkelten, wie es der Vater, wie es der Großvater getan haben würden. Sie hatten beide als die besten Schuhputzer auf der Plaza gegolten. Für sie war der Kunde immer König gewesen. Und er wollte genau so gut sein wie sie. Und zum Abschluss spuckte er auf die schwarzen Schuhe und

38

wischte ein paarmal mit einem besonders weichen Lappen über das Leder.

"Gut gemacht. Junge." Senor Arentino erhob sich schwerfällig aus dem Stuhl und ging mit wuchtigen Schritten davon.

Nichts. Kein Geld. Keinen Peso für die Plazentas, keinen für die Kollekte beim Padre Fernando. Er starrte ihm nach, diesem hohen, breiten Schatten, der die ganze Sonne verdunkelte. Und zugleich fühlte er seine Schwäche, seine kindliche Ohnmacht...

Da drehte er sich noch einmal um, der Senor Arentino. "Sag' deinem Vater, ich brauch' den Schuppen vorerst nicht... Ihr könnt also darin wohnen bleiben... bis auf weiteres..."

Helmut Pätz

Spur einer Schnecke

Über die grauen Betonplatten hinweg kroch sie auf die sonnenheiße Asphaltstraße zu, eine feuchte, schleimige, sofort eintrocknende Spur hinter sich zurücklassend. Sie war braun, fast schwarz, - und niemand würde sagen können, warum sie ausgerechnet diesen Weg nahm, den kürzesten, senkrecht zur Fahrbahn, den in den sicheren Tod.

Ich ging zwei Schritte zurück. Es trieb mich festzustellen, woher sie gekommen war, diese einsame Waldschnecke, hier, in der großen Stadt, mitten im stärksten Verkehr.

Rechts von mir war das Kellerloch, direkt neben dem hohen Bankgebäude. Es war vergittert. Tief war es, dunkel. Ich konnte nicht viel erkennen, nur ein paar kümmerliche Halme, hochgewachsenes Unkraut, unergründlich wurzelnd hier in der schwarzen Feuchte eines Kellerfensters. Die vergilbten Spitzen wurden von ein paar vereinzelten, schrägen Sonnenstrahlen getroffen. Von hier aus hatte die Schnecke ihren Weg genommen,

39

über den Gehweg, abweisende, tödliche Steinplatten überquerend. War hier ihr Leben entstanden? Meilenweit weg vom grünen Stadtrand, hier, in dieser schwarzgrauen, immer dunklen Unergründlichkeit da unten?

Ich sah ihr nach, eine ganze Zeit lang, auf eigenartige Weise fasziniert. Ich ahnte, dass es sie in den Tod führen würde, zertreten vom Fuß irgendeines Vorüberhastenden, vom Reifen eines der unzähligen vorbeirasenden Autos zermalmt, - vorbei dann ein kleines Leben, von niemandem zur Kenntnis genommen, außer von mir vielleicht, jetzt, hier...

Sinnlos, darüber nachzudenken, warum, woher, - ich weiß, ich weiß. Dennoch, der Gedanke an diese kleine Schnecke, hier, mitten in der erbarmungslosen Großstadtwüste, er würde mich nicht loslassen, für ein, zwei Stunden, für einen Nachmittag...

Helmut Pätz

Diese eine Stunde nur

Jedes Jahr um dieselbe Zeit kommt sie über mich, diese Stunde, und ich kann nichts dagegen tun.

Wenn die Enkelkinder in ihren Betten liegen, die verstrubbelten Köpfe in den Kissen vergraben, im Schlaf noch den geliebten Stoffhund an sich gepresst, wenn mein Mann und die Großen es sich in den Sesseln bequem gemacht haben, - dann hält es mich nicht mehr. Es treibt mich hinaus, so wie all die Jahre davor.

Ich lasse die Tür hinter mir ins Schloss fallen, schlage den Mantelkragen hoch und stapfe durch den Schnee. Ich weiß, dass sie alle ein wenig hinter mir herlächeln und den Kopf schütteln. Aber sie halten mich dennoch nicht zurück. Und mein Mann - er versteht mich.

"Lasst sie, Kinder..." sagt er dann nur.

Ich muss dann allein sein, für diese eine Stunde nur. Allein mit dieser Nacht und der Erinnerung an die vielen Nächte der Vergangenheit, die ebenso dunkel waren wie diese heute und ebenso kalt unter dem hohen, schwarzen Gewölbe mit den unzähligen funkelnden Sternen darin, Nächte, die jeden Laut, der in sie eindringen wollte, in ihrem tiefen, weichen Schnee erstickten. Ich muss allein sein mit jenen Nächten, in denen ich und mit mir Tausende und Abertausende das "Heute" herbeigesehnt hatten, das "Heute" mit all seiner Fülle, all seinem Überfluss und all seiner scheinbaren Sicherheit.

Ganz allein gehe ich an den letzten Häusern vorbei, aus denen Lichterschein herausfällt in den Schnee und ihn zum Glitzern bringt. Ich gehe am dunklen Saum des Waldes entlang, wo die ausladenden Zweige der Bäume sich unter der weißen Last biegen. Ich bin allein, ganz allein, wie damals, vor vielen Jahren, Jahre, die erfüllt waren vom Grauen der unvorstellbaren Geschehnisse, die eine ganze Welt erschütterten...

Wie weit lag das alles zurück! Und doch ist es jetzt wieder bei mir, ganz nahe: der brennende Wunsch nach ein wenig Geborgenheit und Sicherheit, die Angst um ihn, ob er gesund wiederkommen würde, die quälende Sehnsucht nach dem geliebten Menschen, nach der einen Hand, die sich einem um die Schulter legt und die einen nie wieder loslässt...

Der Schnee knirscht unter meinen Füßen. Ein paar Tannenzapfen sehe ich unter der weißen Decke hervorlugen. Ich hebe sie auf, um sie den Kleinen mitzubringen.

Vom Dorf jenseits des Waldes klingt verwehtes Glockengeläut herüber. Irgendwo bellt ein Hund. Dann ist wieder tiefe Stille ringsumher. Wunderbare, tiefe Stille.

Ich bin glücklich. Glücklich über meine einsame Stunde, die nur mir allein gehört. Und glücklich über mein

41

warmes Zuhause, dass auf mich wartet und dass mir nie wieder genommen wird. Nie wieder...?
Irene Pätz

Ein Brief für Frau Bachmann

Er seufzte erleichtert auf. Noch zwei Häuser, dann hatte er es geschafft. Ein paar Tage Ruhe, ein wenig Besinnung, - das war es, wofür man treppauf- und treppab stieg, Tag für Tag, seit dreißig Jahren nun schon.
Die meiste Post hatte er schon verteilt. Die Tasche war nicht mehr schwer. Da waren nur noch die Zeitungen für den Doktor im ersten Stock und der Brief für ganz oben. Drei Zeitungen! Und das dreimal in der Woche. Er hatte es längst aufgegeben, den Kopf darüber zu schütteln. Ihm genügte die eine, die er täglich las, und davon auch nur die fettgedruckten Überschriften auf der ersten Seite, die Familienanzeigen auf der letzten und am Samstag die Skataufgaben.
Zu Haus schmückte Anna jetzt sicherlich den Weihnachtsbaum. Er schmunzelte vor sich hin, wenn er daran dachte, wie streng sie darauf achtete, dass er nicht vor dem Dunkelwerden ins Zimmer kam. Und wie sie dann immer dastand, das liebe Gesicht voller Erwartung, ob ihr die Überraschung auch dieses Mal wieder gelungen war. Jedes Jahr. Obwohl er ziemlich sicher war, dass auch heute wieder eine graue oder braune Strickweste unter dem Baum liegen würde, eine große Kiste seiner Lieblingszigarren - und eine gute Flasche natürlich. Später dann, nach der Weihnachtsmesse, erwartete er Karl und Heinrich nur mal eben auf einen Sprung, aber die obligate Skatrunde war dann meist fällig. Richtig, die letzte Skataufgabe musste er noch schnell durchlesen. Die beiden würden keine Gelegenheit auslassen, ihn endlich einmal reinzulegen.

42

Dann hielt er den letzten Brief in der Hand. Schwer fühlte er sich an und hart. Bestimmt waren da die Bilder drin, auf die Frau Bachmann schon so lange und sehnsüchtig gewartet hatte. Na, die würde glücklich sein! Er freute sich schon richtig auf ihr Gesicht. Wie viele Male schon war sie verstohlen zu ihm auf die Treppe gehuscht. "... von meinem Sohn, müssen Sie wissen. Er ist ausgewandert, damals. Ich bin ja so gespannt auf die Bilder... seine Frau und die Kinder... meine Enkelkinder... ich hab' sie ja noch nie gesehen." Immer wieder hatte sie vergeblich danach gefragt, und heute war er nun endlich da, der Brief.

Gewöhnlich warf er die Post einfach durch den Briefschlitz, dieses Mal aber...

Eine ganze Weile dauerte es, bis ihm geöffnet wurde, und dann blickte er in das vor Eifer und Festvorbereitungen glühende Gesicht einer fremden Frau. "Frau Bachmann?" Verwundert sah sie ihn an. "... aber die wohnt doch gar nicht mehr hier!"

Betroffen wog er den Brief in der Hand. "... nicht mehr hier... aber..."

"Nein, sie wohnt doch jetzt im Altersheim, draußen in Rotenburg... ach, ja... es ging Hals über Kopf... überraschend wurde da ein Zimmer frei. Sie musste sich von heut' auf morgen entscheiden."

Altersheim Rotenburg also. Er schrieb die neue Adresse auf den Briefumschlag. Er war enttäuscht. Er hatte sich so darauf gefreut, das kleine Glück der alten Frau mitzuerleben, gerade heute am Weihnachtstag. Jetzt ging die Post zurück ins Amt, und erst nach drei, vier Tagen, also nach dem Fest, würde Frau Bachmann sie erhalten. Und inzwischen würde sie dasitzen und warten, vergeblich warten, und vielleicht ein bisschen weinen...

Während er draußen die klare, kalte Winterluft tief einatmete, war ihm auf einmal gar nicht mehr so weihnachtlich zumute. Nein, so ging es nicht! Er musste

43

ihr den Brief bringen - heute noch. Er würde jetzt nach Hause gehen, sich für den Abend umziehen, und dann mit dem Bus hinausfahren nach Rotenburg. Ja, er würde ihr den Brief selbst hinbringen, wenn das auch nicht ganz der postalischen Vorschrift entsprach. Aber heute war Weihnachten. Und Weihnachten ist kein gewöhnlicher Tag wie all die anderen Tage. Weihnachten ist... nun, Weihnachten ist eben Weihnachten, dachte er, und damit basta!

Entschlossen steckte er den Brief in die Tasche seiner Jacke.

Helmut Pätz

Haben Sie schon einen Weihnachtsbaum?

Es war ein kalter, windiger Tag, erste Schneeflocken fielen. Ich zog den Mantel an, schlug den Kragen hoch und verließ das Haus. Dieses Mal ging ich allein.

"Ich hab' noch etwas zu erledigen", hatte ich gemurmelt, bevor ich die Tür hinter mir ins Schloss zog. Und welcher fürsorgliche Familienvater hat nicht wirklich noch etwas zu besorgen vor dem Fest? Sei es irgendein vergessenes, verspätetes Geschenk, eine besonders gute Flasche zum Festessen, ein paar dicke Zigarren für den hilfsbereiten Nachbarn vielleicht. Es gibt da immer irgend etwas. Für mich aber ging es um etwas ganz anderes, und ich musste mich beeilen, bevor die anderen...

Der Weihnachtsbaum!

Sonst waren wir immer alle Vier gegangen, meine Frau, die beiden Kinder und ich. Und immer wieder war es eine komplizierte Angelegenheit gewesen: zeitraubend, voller Kampf und einem zum Schluss geschlossenen allgemeinen Burgfrieden. Jedes Jahr war das so. Der Junge wollte einen besonders großen, stattlichen Baum, unter dem das zu erwartende Sportfahrrad oder die heiß-ersehnte Stereo-Anlage genügend Platz fänden. Meine

44

Frau hingegen wünschte ihn sich kleiner, gedrungener. Sie bangte wohl um die alte, schöne Tannenbaumspitze mit den vielen Silberglöckchen - ein Erbstück. Ganz anders dagegen meine Tochter. Gelang es ihr doch jedesmal wieder aufs Neue, unseren Weg an jenem bewussten Tannenbaumhändler vorbeizuführen, - einem kleinen dürren Männchen, das immer Ohrenschützer trug. "Bitte, bitte... so seht doch den armen Mann! Bestimmt hat er viele Kinder, und die müssen hungern, weil er so wenig Bäume verkauft..." Und dabei wies sie stets auf das kleinste, unansehnlichste Exemplar. Ihr Mitleid mit dem armen Mann übertrug sie auch auf das kümmerliche Bäumchen. Sie war eben noch in dem Alter, in dem man gerne Märchen liest und noch an sie glaubt.

Ich wurde dann schon gar nicht mehr gefragt.

Wie gesagt, dieses Mal ging ich also allein. Den alljährlich wiederkehrenden Scherereien wollte ich jetzt und für alle Zeiten aus dem Wege gehen!

Spät abends, im Dunkeln schon, kehrte ich heim. Unter dem Arm trug ich ein gebündeltes Bäumchen. An sämtlichen Verkaufsständen des Ortes hatte ich vor unzähligen Tannenbäumen gestanden, vor großen und kleinen, vor solchen mit üppig ausladenden Ästen und anderen, die so schmal waren, dass sie in eine noch so enge Stube gepasst hätten.

Wer ermisst die Qual der Wahl, die ich auszustehen hatte? Alle Bedenken der zurückliegenden gemeinsamen Weihnachtseinkäufe stürmten insgeheim auf mich ein, und ich dachte zum wiederholten Male, wie viel leichter es doch gewesen wäre, eine so hochbrisante, verantwortungsvolle Angelegenheit mit der Familie gemeinsam bewältigt zu haben.

In Gedanken aber hatten sie mich dann eigentlich auch alle begleitet und geleitet, vorbei an dem besonders großen Baum, wie ihn der Junge sich wünschte, vorbei an dem kleineren, den meine Frau sich ausgesucht hätte, bis

45

ich vor dem Baum stand, zu dem mich mit Sicherheit die kleine Hand meiner Tochter gezogen hätte. - Und da stand es auch schon, das Männchen mit den Ohrenschützern! Er erkannte mich gleich wieder, fragte beflissen, wo denn dieses Jahr die liebe Familie sei...
Spät abends, wie gesagt, kehrte ich also heim mit meinem Bäumchen. Und irgendwie war ich rundherum zufrieden - glich es auch den kümmerlichen Exemplaren vergangener Jahre aufs Haar...
Helmut Pätz

Menschen an meiner Tür

Sie kommen immer wieder, jedes Jahr um dieselbe Zeit, wenn die Tage kürzer und die Abende länger werden. Es sind immer dieselben Gesichter.
Ich denke da nicht an die kleinen Jungen und Mädchen, die laut singend, in bunter Verkleidung vor der Tür stehen, für Augenblicke einen Hauch von Kindheitserinnerungen und Jugendseligkeiten erweckend.
Nein, ich meine die anderen, die Älteren, jene, deren Gesichtszüge sich einem einprägen, eben die, die man nach Jahr und Tag noch wiedererkennt.
Da ist die Frau mit dem Kind an der Hand. Sie ist ärmlich gekleidet, und irgendwie verspürt man einen unsichtbaren Hauch von Bedürfnislosigkeit und Entbehrung. Sie bietet selbstgefertigte Spitzendeckchen und gehäkelte Topflappen an. Meine Frau kauft ihr regelmäßig etwas ab. Auf meinen Einwand hin, dass Spitzendeckchen veraltet seien und Topflappen in einem modernen Haushalt überflüssig, wirft sie mir nur einen eigenartigen Blick zu:" Es geht nicht um die Deckchen, mein Lieber, und auch nicht um die Topflappen... es ist..." Sie bricht ab und zuckt die Schultern, als sei es sinnlos, etwas mit mir zu erörtern, was ich nicht von selbst erspüre.

46

Auch jene andere Frau, die ältere, die immer um abgelegte Kleidungsstücke bittet, sucht sie zu rechtfertigen. Sie wirkt immer so unterwürfig, jene Frau, und das macht mich ungeduldig und auch ungerecht. Meine Frau aber findet auch für sie noch immer etwas. Wenn sie dann geht, wünscht sie leise eine "friedvolle Weihnacht". Ein durchdachter Wunsch, der mich immer ein wenig mit ihr aussöhnt.

Dann ist da noch der Mann mit den handgemalten Weihnachtskarten. Auch er kommt jedes Jahr um dieselbe Zeit. Eigentlich ist er verhältnismäßig gut gekleidet, und ich frage mich, ob er es wirklich nötig hat. Allerdings sieht er etwas leidend aus. Eine Alkoholwolke bleibt hinter ihm zurück.

"Er trinkt", sagt meine Frau mit einem missbilligenden Unterton.

Ich nicke. "Vermutlich..."

"Dem solltest Du eigentlich nichts abkaufen. Ich bin sicher, dass er gleich im Wirtshaus nebenan verschwindet."

"Du hast vermutlich Recht. Dem ist wohl nicht mehr zu helfen. Aber wer weiß, was für Probleme ihn in den Alkoholismus getrieben haben. Und Mitleid kann man ja schließlich noch haben mit solchen Menschen, nicht wahr...?"

Die Zeit ist wieder da, die dunklen Nachmittage, die langen Abende. Die Zeit der Menschen an meiner Tür. Sie bringen etwas von der Unsicherheit der Abseitsstehenden und von der Einsamkeit der Verlassenen in das sonst so selbstverständliche Gleichmaß unseres täglichen Wohlstandes.

Sie waren alle schon da in diesem Jahr, die singenden Mädchen und Jungen, die beiden Frauen.

Nur der Mann mit den Grußkarten noch nicht. Jetzt warte ich auf ihn...

Helmut Pätz

47

Nur ein kleines Geschenk

Der Zug donnerte in die Nacht hinein. In den Drähten sang der Wind. Hin und wieder wischte eine Wolke zerstobenen Schnees am Fenster vorbei. Ein Licht tauchte auf, ein Haus - einsam, abgelegen, - vorbei...
Keiner im Abteil sagte etwas. Man war müde, abgespannt, sehnte sich nach einer Handvoll Ruhe, hing den eigenen Gedanken nach. Eine alltägliche Fahrt in einem alltäglichen Zug an einem hereinbrechenden Winterabend. Wie so oft, wie überall.
Eine alltägliche Fahrt? Vielleicht...
Der beleibte, gutgekleidete Herr, der in den Börsenbericht der Zeitung vertieft war, machte plötzlich eine ungeschickte Bewegung und stieß mit dem Arm die Tasche der neben ihm sitzenden alten Frau von dem Sitzpolster. Nichts Besonderes eigentlich, zumal ein junger schlaksiger Student die Tasche ergriff und sie der alten Frau zurückreichte.
Der beleibte Herr sah auf: "Oh, entschuldigen Sie. Hoffentlich ist nichts entzweigegangen..."
"Ach, nein", sagte die Frau, "ich hoffe doch nicht ..."
Aufgeregt kramte sie in ihrer Tasche, und die allgemeine Gleichgültigkeit wich einer fast teilnehmenden Neugier. Und dann war man sogar ein wenig enttäuscht, weil nicht zu erkennen war, was die alte Frau, so gut verpackt und behutsam schüttelnd, gegen ihr Ohr hielt.
"Es ist heilgeblieben", sagte sie dann mit einem Seufzer der Erleichterung.
Der Student nickte ihr freundlich lächelnd zu und sah dann wieder zum Fenster hinaus.
"... es ist nämlich eine Schneekugel für meinen Enkel", fuhr sie fort.
Der Zug raste. Der Wind sang, und der Schnee stiebte am Abteilfenster empor.

48

Der Herr mit dem Börsenbericht ließ die Zeitung sinken. Er sah die alte Frau an. Und auf einmal wirkte sein Gesicht fast jungenhaft erwartungsvoll.
"Eine Schneekugel?" Er lächelte jetzt auch. "Entschuldigen Sie... ich meine, darf ich sie mal sehen?"
Ein wenig verlegen reichte ihm die Frau das Päckchen, und vorsichtig wickelte er das Papier auseinander.
"Ja", sagte er dann, und seine Stimme klang ganz andächtig. "Ja, wahrhaftig... eine Schneekugel."
Er barg sie behutsam in den Händen, und seine Finger strichen liebevoll darüber hin.
"... ein paar weiße Flöckchen aus Kunststoff in Wasser, etwas Plastik drum herum..." der Student gab sich überlegen. "... ein bißchen Illusion für wenig Geld."
Der wohlbeleibte Herr schien es nicht zu hören. Er ließ den Börsenbericht mit einer gleichgültigen Handbewegung zu Boden fallen. Mit der anderen Hand hielt er die Kugel und ließ den weißen Schnee immer wieder über Hansel und Gretel, über die Hexe, das Knusperhäuschen und die drei dunklen Tannen im Hintergrund rieseln.
"... eine Schneekugel…"
Er sagte es nicht zu der alten Frau und nicht zu dem Studenten. Er war weit, weit weg, irgendwo in einem fernen Kinderland, in das nur er ganz allein Einlass gefunden zu haben schien.
"... so eine haben wir uns immer gewünscht - meine Geschwister und ich, - damals. Aber unsere Eltern hatten kein Geld dafür... das war früher nun einmal so." Sein Fuß landete auf dem Börsenbericht. Er achtete nicht darauf. "Ja, das ist lange, lange her…"
Dann sagte keiner mehr etwas, die alte Frau nicht und auch nicht der Student. Sie sahen ihm nur zu, wie er fast selbstvergessen die Kugel gegen das gedämpfte Deckenlicht hielt und immer wieder die weißen Flocken tanzen ließ. Immer wieder - unermüdlich. Seine Augen

49

strahlten dabei, und er hatte ganz und gar nicht mehr das Gesicht eines nüchternen, überaus zurückhaltenden Geschäftsmannes.

Und der Zug stob in die Nacht hinaus...

Irene Pätz

Nur eine alte Uhr

Klein und verloren lag das Haus hinter den dunklen Bäumen.

Ein schneidend kalter Wind hing in den Zweigen. "Was meinst du, Herbert, ob sie sich freuen werden?" sagte die junge Frau.

Gedämpfter Lichtschein fiel heraus, als die Tür geöffnet wurde. Die Silhouette des alten Mannes stand in der Öffnung.

"Ihr?" Aus seiner Stimme klang unverhohlene Freude. Und dann lauter: "Mutter... die Kinder sind da!"

Warm und gemütlich war es im Zimmer. "...dass ihr da seid..." rief die alte Frau, "nein, dass ihr gekommen seid!" Hastig ließ sie die Handarbeit unter dem Sofakissen verschwinden und eilte in die Küche, um das Kaffeewasser aufzusetzen.

"Es stört euch wohl nicht, wenn ich noch ein wenig arbeite", sagte der alte Mann. Er hatte die Deckenlampe so tief herabgezogen, dass der Lichtschein nur auf die Tischplatte fiel. Winzige Zahnräder und Schrauben lagen umher, verschiedene kleine und größere Schraubenzieher und Zangen. "... die Uhr, sie wollte nicht mehr so recht in letzter Zeit." Er lachte still vor sich hin. "Naja, eigentlich war sie schon immer ein bisschen eigensinnig."

"Sie ist ja auch schon über vierzig Jahre alt", sagte Herbert und stellte das kleine Paket vorsichtig neben sich auf den Teppich. Die junge Frau griff im Halbdunkel verstohlen nach der Hand ihres Mannes. Lächelnd sahen sie sich an.

50

"... sie hat ein ganzes Leben mit uns durchgehalten." Der alte Mann sah die Frau an, die eben wieder ins Zimmer kam. "Nicht wahr, Muttchen, wir möchten sie nicht missen, unsere gute, alte Uhr..."
Die Frau nickte zustimmend und trat neben ihren Mann. Langsam wanderte ihr Blick über das vergilbte Ziffernblatt mit den verschnörkelten, goldenen Zahlen. Und viele, längst vergessen geglaubte Erinnerungen tauchten wieder auf: Sie sah den Jungen vor sich, damals, als er mit einer schweren Lungenentzündung um sein Leben kämpfte. Innerhalb der nächsten Stunden würde die Krise ihren entscheidenden Höhepunkt erreichen, hatte der Arzt gemeint.
Wie erstarrt hatte sie auf ihrem Stuhl gesessen. Der Mann neben ihr hatte ihre Hand gehalten und sie gestreichelt, immerzu, wortlos. Ihrer beider Augen aber hatten sich schier festgesogen an dem zierlich geschweiften Minutenzeiger, der langsam, aber stetig seinen Weg ging. Und ebenso quälend. Langsam schwang das schwere Messingpendel hin und her. Eine Ewigkeit schien zu vergehen. Aber dann, als der Morgen dämmerte, und mit ihm die Hoffnung und die Zuversicht zurückkamen - klang da ihr Ticken da nicht heller und freundlicher? Wie glücklich waren sie, als sie das Gesicht des Jungen in den Kissen sahen, schmal und bleich noch, aber mit klaren Augen und ohne Fieberglanz. - Die Krise war überstanden!
"Sie hat ihre Dienste getan, diese alte Uhr", sagte Herbert. Er langte nach dem Paket, aber die junge Frau hielt seine Hand fest. "... und außerdem ging sie nie ganz pünktlich."
"Stimmt... seit vierzig Jahren geht sie nach... ziemlich genau fünf Minuten", sagte der alte Mann sinnend, "... aber ich kriege sie schon wieder hin." Die Mutter nickte und sah ihn an. Und wieder wanderten ihre Gedanken zurück... Ihr war, als sei es erst gestern gewesen. Der

51

Mann arbeitete damals noch in der nahegelegenen Stadt. Jeden Morgen mit dem ersten Zug fuhr er hinein. An jenem Morgen aber kam er gleich wieder zurück, ärgerlich und verdrossen zugleich. Die Uhr war nachgegangen, um fünf Minuten, und der Zug war ihm vor der Nase weggefahren. Der nächste Zug fuhr erst in zwei Stunden. Später dann erfuhren sie, dass der Morgenzug entgleist war. Es hatte Verletzte gegeben, und seit Jahr und Tag waren sie glücklich darüber gewesen, dass der Vater den Zug versäumt hatte. Die Uhr aber brachten sie nicht zum Uhrmacher, wie sie es schon lange vorgehabt hatten. Und so ging sie seitdem nach, ziemlich genau fünf Minuten...

"So... fertig." Der alte Mann hob das Gehwerk behutsam ins Gehäuse. "... und dann war da noch jener Abend vor drei Jahren", sagte die alte Frau plötzlich laut. "Vater und ich saßen auf dem Sofa. Stunde um Stunde. Wir warteten auf dich, Herbert. Es war dein Geburtstag und wir wollten den Abend gemeinsam verbringen. Immer wieder sahen wir auf die Uhr, verstohlen, damit der andere es nicht merkte. Beide hatten wir Angst um dich, denn du warst sonst stets die Pünktlichkeit in Person. Dieses Mal aber kamst du sehr spät. Du sagtest nichts, und wir fragten nichts. Später erfuhren wir dann, dass es der Abend war, an dem er dich, Helga, kennenlernte."

Herbert ergriff die Hand der jungen Frau und drückte sie fest. "Nein..." sagte die alte Frau dann. Und auf einmal war es ganz still im Zimmer. "Man kann sie nicht einfach auswechseln. So eine Uhr ist der Pulsschlag der ganzen Familie, ein ganzes Leben hindurch. Man muss nur darauf achten, dass ihr Schlag nicht einmal ganz aussetzt."

Später, als die beiden jungen Leute die stille Straße entlang zurückgingen, hingen ein paar vereinzelte Schneeflocken in der Luft.

"... anfangs war ich ein wenig enttäuscht, Herbert", sagte sie. "Ich hatte so gehofft, sie mit der neuen Uhr zu überraschen..." Sie presste das Paket fest an sich. "...aber diese... wir behalten sie für uns. Vielleicht wird sie einmal der Pulsschlag unserer eigenen Familie..."
Irene Pätz

Sein einziger Wunsch

"... man gewinnt ja doch nichts", sagte die alte Frau, "aber es ist ja auch für einen guten Zweck bestimmt..." Sie lächelte ein wenig, als sie sich das Los aushändigen ließ.
Der Junge sagte nichts. Dreißig Lose! Sein ganzes, mühsam zusammengespartes Taschengeld war weg. Einmal musste es doch klappen, wenn man so viel riskierte! Wie lange sollte er denn noch warten? Ein Jahr Lehrzeit hatte er noch vor sich, und selbst dann musste er noch mindestens drei Jahre eisern sparen. Ein Auto - das war eigentlich sein einziger Wunsch, um den seine Gedanken Tag und Nacht kreisten. Ein Auto, wie es hier bei der Weihnachtslotterie zu gewinnen gab.
Was wussten sie denn schon, all die anderen, was es hieß, Autofahrer zu sein, Autofahrer mit Leib und Seele! Was wussten die, was es für ihn bedeutete, ein Lenkrad in den Händen zu halten, mit dem Fuß das Gaspedal durchzudrücken und die Bäume einer Landstraße wie eine grüne Mauer an sich vorbeifliegen zu sehen! Sein Freund Ted, ja, der hatte einen Wagen. Seit einem Jahr schon. Einen tollen Sportwagen, Zweisitzer mit Stereoanlage und noch vieles andere mehr. Teds Vater, der hatte Geld, viel Geld. Und Ted hatte ihn schon einige Male damit fahren lassen. Sonntagsmorgens auf dem Fabrikgelände seines Vaters. Von da an hatte es ihn nie mehr losgelassen. Bald danach hatte er einen Fahrkursus mitgemacht. Das war eine schöne, aber zugleich schwere

53

Zeit für ihn gewesen, denn so etwas kostete viel Geld, und Geld, das war immer knapp bei ihm.

Nein, das konnte keiner nachfühlen, den es nicht selbst gepackt hatte..

Stundenlang war er nun schon hier. Er hatte die ganze Zeit über nur vor den ausgestellten Autos aus blitzendem Chrom und funkelnden Lack gestanden. Nichts hatte er von dem Duft der Lebkuchen, glasierten Äpfeln und gegrillten Bratwürsten gespürt, nicht die Weihnachtslieder in sich aufgenommen, die aus den Lautsprechern kamen.

Dreißig Lose. Nieten... Nieten... nichts... nichts.

Ein Los nach dem anderen flatterte zu Boden, versanken in einer Pfütze aus Schnee und Wasser, zertreten sogleich von eiligen Füßen.

Plötzlich stand die alte Frau vor ihm. Sie hielt ein Los in der Hand. "Ich hab' meine Brille nicht bei mir", sagte sie, "ach, bitte, würden Sie einmal nachsehen... ich glaub' ja nicht... mit so was hab' ich noch nie Glück gehabt."

Der Junge verzog keine Miene. Sollte die ihn doch in Ruhe lassen! Er hatte nur Nieten, was gingen ihn da andere Leute an?

Schweigend nahm er ihr Los und riss es auf.

"... ein Wagen der Mittelklasse..." las er. Er lehnte sich gegen den Bretterzaun. Er las es einmal, zweimal, - immer wieder, bis die Buchstaben vor seinen Augen zu schwimmen begannen. Das kann doch nicht wahr sein, dachte er. Ein Wagen der Mittelklasse! Einer der Haupttreffer! Vielleicht der Dunkelrote mit den schwarzen Ledersitzen... Mein Gott, so ein Auto für eine alte Frau, die nichts damit anfangen konnte, die überhaupt nichts davon verstand...

Wie, wenn er ihr Los mit einem seiner beiden letzten vertauschte? Sie würde es nicht merken. Kein Mensch würde es merken. Keiner. Nur er ganz allein würde davon wissen...

54

"... oder der Gegenwert in Geld..." Erst jetzt las er weiter. Kleingedruckt stand es darunter.

Langsam hob er den Kopf. Eine alte Frau war sie, mit einem dünnen, zerschlissenen Mantel, unter dem altmodischen Hut wenige dünne Haarsträhnen. Ihr Blick ruhte noch immer ahnungslos und ohne Misstrauen auf ihm...

Dieser Blick! Siedendheiß schoss es plötzlich in ihm hoch, und auf einmal erfüllte ihn tiefe Scham.

"Hier", sagte er leise. Seine eigene Stimme erschien ihm fremd, und er sah an ihr vorbei, als er ihr das Los zurückgab. "... nun haben Sie doch mal Glück gehabt... ein Haupttreffer."

Dann wandte er sich abrupt ab, ihren verständnislosen Blick im Rücken wissend. Die beiden letzten Lose schnippte er in die Luft. Es hatte angefangen zu schneien, und der Wind trug sie mit sich fort wie große Schneeflocken.

Helmut Pätz

Waren Sie schon im Weihnachtsmärchen?

Waren Sie schon im Weihnachtsmärchen? Wenn nicht, so lassen Sie sich dieses "Erlebnis" auf keinen Fall entgehen. Sie werden noch viele, viele Jahre, wenn Ihre Kleinen längst flügge geworden sind, daran zurückdenken.

An einem grauverhangenen Wintertag war es. Schon lange vorher hatten meine Beiden von nichts anderem gesprochen als über den bevorstehenden Theaterbesuch. Und weil sie gar zu zappelig waren, warf ich sie kurzentschlossen hinaus, nicht ohne die nachdrückliche Bitte zu äußern, sich nicht mehr schmutzig zu machen. Aber was bedeuten schon mütterliche Ermahnungen angesichts herrlicher Lehmpfützen! Es half nichts. Sie mussten noch einmal unter die Dusche, ehe sie festlich herausgeputzt wurden. Anschließend gab es dann noch fünf Minuten vor dem gemeinsamen Aufbruch ein erbittertes Handgemenge um die kümmerlichen Reste einer ehemaligen Kasperlefigur, die bis dahin wochenlang völlig unbeachtet in irgendeiner Ecke herumgelegen hatte. Und irgendwie erscheint es mir heute noch wie ein Wunder, dass wir, zwar atemlos und mit Verspätung, aber immerhin doch noch unser kleines Theater erreichten.

Meine lautlose Bitte an das Schicksal schien nicht erhört worden zu sein. Natürlich hatten wir... Mittelplätze! Unter vielen gemurmelten Entschuldigungen meinerseits wanden wir uns durch die vollbesetzte Reihe. Auf der Bühne hatte man bereits angefangen, und die böse Königin ließ gerade den Jäger kommen, um das arme Schneewittchen töten zu lassen, als mein erfahrener mütterlicher Blick auf den unruhig hin- und herrutschenden Peter fiel. Nein, mir blieb auch nichts erspart! Dabei hatte er doch eben noch meine diesbezügliche Frage mit einem entschiedenen "nee... ich muß aber nicht..." beantwortet. Also musste ich mit den beiden den Canossagang noch einmal antreten, denn natürlich wollte Klein-Gerda mit einem furchterfüllten Blick auf die tobende Königin, nicht allein zurückbleiben. Einmal hin, einmal her, - es war entsetzlich peinlich. Ich war froh, dass das Halbdunkel mein hochrotes Gesicht mildtätig verdeckte.

Inzwischen wuchs die Spannung auf der Bühne. Schneewittchen irrte mutterseelenallein im dunklen Wald umher, und alle anwesenden Kinder waren vor Angst und Mitleid verstummt, da fing mein Töchterlein plötzlich mit durchdringendem Stimmchen an zu jammern: "... mein Püppchen, Mutti, ich hab' meine Gabriele zu Hause vergessen, und jetzt fürchtet sie sich bestimmt zu Tode." Sie weinte kläglich, wollte sich gar nicht beruhigen, und es dauerte eine ganze Weile, unter dem Gezischel der um uns Sitzenden, bis sie wieder still war. Auf meiner Stirn

56

perlten die ersten feinen Tröpfchen. Gottlob, wenigstens Peter saß ruhig da, wenn auch mit einem merkwürdig in sich gekehrten Gesichtsausdruck. Aber er schwieg. Er schwieg auch noch, als all die anderen Kinder vor Vergnügen über die drolligen Zwerge lachten und kreischten. Als dann aber die böse Hexe vor der Tür stand, und man eine Stecknadel hätte fallen hören können, da erklang die helle Stimme meines Ältesten laut und unbekümmert durch den Saal: "... sag mal, Mutti, wie haben die bloß den riesigen Kronleuchter da ganz oben an der Decke festgemacht?" Ich zuckte nur verzweifelt die Schultern. Doch da ich die nie versiegende Fragekunst meines Sprösslings kannte, vertröstete ich ihn leise, aber energisch auf später

Plötzlich erschien, geschickt in die Handlung eingebaut, der Weihnachtsmann auf der Bühne. Während mein Töchterchen erschreckt auf meinen Schoß kletterte und sich wie eine Ertrinkende an mich klammerte, meldete sich die allzu bekannte Stimme meines Sohnes auf die Frage nach einem besonders artigen Jungen mit einem kräftigen: "Ja... hier... ich." Und mit der Unbekümmertheit der Jugend wand er sich ein weiteres Mal an den inzwischen ergeben lächelnden Sitznachbarn vorbei, um gleich darauf, glühend vor Stolz, mit einem kleinen Geschenk wieder zurückzukehren.

Als Letzte waren wir gekommen - als Letzte verließen wir auch den Saal; denn Gerdalein hatte ihr winziges mit Perlen besticktes Handtäschchen verloren, und so krochen wir alle, eine hilfsbereite Platzanweiserin hatte sich noch dazugesellt, unter und zwischen den Sitzen herum, bis wir es schließlich, von unzähligen Füßen schmutzig getreten, aber sonst unversehrt, wiederfanden.

Draußen atmeten wir tief die kalte Winterluft ein. Plötzlich stürmten meine beiden jubelnd in die Arme ihrer Papas, der auf einmal vor uns stand. Mein Mann aber sah mich mit einem geradezu hellseherischen Blick

57

an, und ein Unterton von Mitleid schwang in seiner Stimme mit: "Na, wie war es denn, Euer Weihnachtsmärchen?"
Und dann sahen wir drei uns an, meine Kinder und ich: "... das Weihnachtsmärchen, ach, es war wunderschön."
Irene Pätz

Wie jedes Jahr

Langsam ließ er den Wagen ausrollen. Eine Weile blieb er noch sitzen. Er seufzte auf. Er spürte die Müdigkeit und hatte zugleich das Gefühl glückhafter Erwartung.
Es war schon dunkel. Hinter den Fenstern des Hauses brannten die Lichter, und da, wo der Weg steil abfiel, sah er in der Ferne den schwarzen Wald. Er war erschöpft und erleichtert zugleich. Seine Patienten waren alle versorgt, es hatte weiter keine Komplikationen gegeben heute. Mit der Frühgeburt von der Frau vom Steinerhof war auch alles gutgegangen. Er hatte Befürchtungen gehabt, denn sie war sehr zart und schmächtig, aber wieder einmal hatte sich erwiesen, dass die Zarten und Kleinen am besten fertig wurden damit. Und dann war da noch der alte Schramm mit seinem Rheuma. Viel konnte man da nicht mehr ausrichten, aber für heute Abend würde er schmerzfrei sein. Sogar die Kuh vom Eichberg-Bauern hatte er durchgekriegt. Ja, manchmal wusste er wirklich nicht mehr, ob er nun Landarzt oder Viehdoktor war. Jedenfalls waren die Tiere oftmals vernünftiger als seine Schäfchen in Menschengestalt, und die wiederum benahmen sich nicht selten wie die größten Rindviecher.
Er lachte leise in sich hinein. Er war zufrieden.
Er stieg aus dem Wagen und ging langsam den Gartenweg entlang auf das Haus zu. Da drinnen waren sie sicher schon bei den letzten Festtagsvorbereitungen. Er klopfte vorsichtig. Die Frau öffnete. Das Dielenlicht

58

fiel auf ihr vor Eifer gerötetes Gesicht, und er sah das Strahlen ihrer Augen.

"...dass Du endlich da bist", sagte sie erleichtert, "es ist schon so spät." Er fühlte die Arme, die sich um seinen Hals legten.

Und dann schrillte aus seinem Sprechzimmer das Telefon. Das grelle Läuten traf ihn wie ein Hammerschlag, und die Arme der Frau lockerten sich unwillkürlich. Jetzt nur nichts sagen, dachte er, kein Wort, kein einziges. Es könnten Worte der Enttäuschung sein, der Verbitterung. Alles Leichte, alles Glückhafte, dass er eben noch empfunden hatte, war fort, wie weggewischt durch den schrillen Schrei des Telefons.

"Geh... sieh nach, wer dran ist." Er nahm die Arme der Frau ganz herunter und schob sie von sich.

Sie stand vor ihm, als wollte sie noch etwas sagen. Dann ließ sie resigniert die Schultern sinken und wandte sich ab.

Er blieb an der Tür stehen, in Hut und Mantel. Er wusste, dass er wieder fort musste. Er war es gewohnt, dass man ihn zu allen erdenklichen Zeiten rief. Es machte ihm auch sonst nichts aus. Es war sein Beruf, seine Aufgabe. Aber gerade heute, gerade jetzt...

Er presste die Lippen zusammen, und seine Hand umschloss die Instrumententasche fester. Was hatte er eigentlich in der letzten Zeit von den Kindern gehabt? Ein hastiger Kuss zwischen Tür und Angel, ein flüchtiges Winken. Wenn er spät abends zurückkam, schliefen sie schon. Im Sommer hatten sie alle zusammen einmal in den Süden fahren wollen. Du meine Güte, was hatten sie für Pläne gemacht! Aber dabei war es dann auch geblieben. Es hatte sich niemand gefunden, der ihn hier in der Weitläufigkeit dieses rauhen Landstrichs vertreten wollte. Und so hatte er die Frau und die Kinder allein an die See geschickt. Wie schon so oft - wie jedes Jahr...

Die Frau kam zurück.

59

"Der Wirt aus Dreilinden war es... die alte Frau, weißt Du, welche die kleine Dachwohnung bei ihm bewohnt, bittet dich zu kommen. Heute noch... am liebsten gleich. Es sei dringend, sagt er."

Dreilinden... Ja, er kannte die Frau recht gut. Vorgestern noch war er bei ihr gewesen. Es ging ihr aber schon wieder besser, und ein Rückschlag war nach ärztlichem Ermessen nicht zu erwarten gewesen.

Dreilinden!

Das bedeutete eine ganze Stunde Autofahrt auf aufgeweichten, holprigen Landwegen. Das bedeutete ein verlorenes Weihnachtsfest. Wie schon so oft - wie jedes Jahr...

"Warte nicht auf mich", sagte er müde, "es kann spät werden."

Es war sehr spät, als er wieder zurückkam. Alles war wie sonst. Ganz hinten am Horizont unterstrich der schwarze Wald die Dunkelheit der Nacht, in der funkelnd und klar die Sterne standen.

Er war müde jetzt, wirklich müde, und doch zugleich entspannt und zufrieden. Er dachte an die alte Frau...

Ängstlich und schuldbewusst hatte sie ihn angesehen, als er ihr Zimmerchen betrat. Sie lag nicht im Bett, wie er angenommen hatte. Ihre Wangen waren gerötet, als sei sie eben noch geschäftig herumgeeilt. Als er ihr den Puls fühlte, hatte sie ihn um Verzeihung bittend angelächelt.

"... nein, es ist nichts, Herr Doktor... es ist nur... ich bin doch fast ein halbes Jahr schon nicht mehr aus meinem Zimmer gekommen... und als ich vorhin aus dem Fenster sah und die brennenden Weihnachtslichter im Haus gegenüber und dann die Menschen, wie sie in die Kirche gingen... und... ich habe doch niemanden, ich kenne doch weiter keinen Menschen hier... verzeihen Sie, Herr Doktor, bitte, nicht böse sein... ich hab's einfach nicht mehr ausgehalten... und..."

Er hatte sich inzwischen umgeschaut. Auf dem kleinen, eisernen Ofen sang ein Wasserkessel, und auf der Kommode stand in der Vase ein Tannenzweig und daneben ein paar verblichene Fotografien. Plötzlich fiel aller Ärger, aller Missmut von ihm ab, und er wusste, dass er es hier mit einer der schwersten Krankheiten zu tun hatte, die es gab, und die auch am schwersten zu heilen war - mit der Einsamkeit.

Und dann saß er neben ihr und hörte ihr zu. Er hörte aufmerksam zu, und sein eigenes Bedürfnis nach Ruhe und Besinnung machte sich geltend, jetzt, nach all dem, was ihm das Jahr an Schwerem und an Verantwortung aufgebürdet hatte. Und so saß er da, vor sich die Tasse mit dem duftenden Tee, ließ sich davontragen in die Jugendzeit dieser alten Frau, eine Zeit, die so weit zurücklag wie die weißverschneiten, von Schlittenkufen durchfurchten Lande, aus denen sie hierher verschlagen worden war.

Er spürte kaum den leichten Druck der zitternden Hand, die sich auf die seine gelegt hatte, und ihm wurde bewusst, dass es nicht nur die Aufgabe des Arztes war, sondern vor allem die des Menschen, hier zu helfen.

"Ich danke Ihnen", sagte sie leise, als er sich verabschiedete, "jetzt brauche ich keine Tabletten mehr."

Als er auf sein Haus zuging, sah er nur noch hinter einem Fenster gedämpftes Licht. Die Kinder waren natürlich schon längst in den Betten, und seine Frau - sie saß sicherlich noch mit einem Buch im Sessel unter der großen Stehlampe und wartete auf ihn. Vielleicht schlief sie auch, wie schon so oft, wie jedes Jahr...

Und er klopfte behutsam an die Scheiben.

Helmut Pätz

61

Wir bringen Ihnen etwas

Die alte Frau stand am Fenster und hauchte Löcher in die Eisblumen. Als das graue Auto vor dem Haus hielt, lief sie aufgeregt zur Tür.

"...dass Sie doch noch gekommen sind", rief sie und ließ die beiden Männer, den älteren mit dem grauen Arbeitskittel und den jüngeren, kleinen mit dem rötlichen Haar, ein. "Ich bin so froh, dass Sie es doch noch geschafft haben."

Der Mann im grauen Kittel ging schnurstracks auf das kleine Tischchen mit dem hohen, altmodischen Radiogerät zu. Ein Druck auf den Schalter, und ein gleichmäßiges Brummen erfüllte den Raum. Dann beugte er sich über den Kasten. "Sie sind auch die Letzte, die wir heute bedienen, Muttchen." Er wischte sich die Stirn. "... ich kann Ihnen sagen, die meisten Reparaturen kommen um die Weihnachtszeit... Mann, ist das ein altertümliches Ding... so etwas gibt es ja schon fast gar nicht mehr, ein Wunder, dass er überhaupt noch Töne von sich gibt."

"Ach, wissen Sie, ich hab' das Radio schon so lange, schon von damals, als mein Mann noch lebte... und nie ist etwas damit gewesen... und gerade jetzt, da will er auf einmal nicht mehr." Sie stellte den Wasserkessel auf den kleinen Herd. "Ich mache schnell eine Tasse Kaffee. Sie sind sicher durchgefroren..."

Der Mann löste die Rückwand vom Gerät und reichte sie dem Lehrling.

"... meine Nachbarin war so freundlich und hat bei Ihrer Firma angerufen..." fuhr sie fort, "ich selbst kann leider nicht mehr aus dem Haus. Die Beine, wissen Sie, sie wollen auch nicht mehr."

Der Mann im grauen Kittel nickte zerstreut.

"... früher, da gingen wir ja immer zur Weihnachtsmesse, mein Mann und ich... aber jetzt kann ich sie nur noch im Radio hören."

62

Der Mann setzte die Rückwand wieder ein. Er zuckte die Schultern. "Tut mir leid, Muttchen... zwei Röhren sind hin. Die gib's schon seit Jahren nicht mehr. Da ist nichts zu machen. Und selbst, wenn es die noch gäbe, irgendwo, vielleicht... das würde Wochen dauern, sie zu besorgen, außerdem, es lohnt wirklich nicht mehr."

Die alte Frau sah die beiden Männer an. "... es ist ja nur wegen der Weihnachtsmesse", sagte sie dann ganz leise.

Der Wasserkessel auf dem Herd fing leise an zu singen. "Aber jetzt trinken Sie erst Mal eine Tasse Kaffee..." Der Mann warf Schraubenzieher und Zange in die Werkzeugtasche und schüttelte bedauernd den Kopf. "Vielen Dank... aber wir haben wirklich keine Zeit mehr. Es ist schon fast eine Stunde über Feierabend, und im Betrieb haben wir noch eine kleine Weihnachtsfeier... tut mir leid."

Die Frau stellte die leeren Tassen auf den Tisch und sah ihnen nach, bis die Tür hinter ihnen ins Schloss fiel. Regungslos stand sie im Zimmer, während draußen der Motor des Autos im herabsinkenden Nachmittag verklang...

Sie wusste nicht, wie lange sie so dagestanden hatte. Auf dem Herd sang noch immer der Wasserkessel, und die Dämmerung des Abends breitete sich allmählich im Zimmer aus.

Sie schrak auf, als es an der Tür klopfte.

"Sie?"

Der Mann mit dem grauen Arbeitskittel und der kleine Lehrling standen vor der Tür. Der Lehrling hielt einen großen Karton im Arm, hinter dem er fast verschwand.

"Ja, wir..." sagte der Mann. Er lächelte und sah gar nicht mehr so abgehetzt und müde aus. "Wir bringen Ihnen etwas, Muttchen... einen Fernseher... mit schönem Gruß von unserm Chef. Er meint, auch für Sie soll Weihnachten sein... so viele Leute kaufen sich jetzt einen neuen Farbfernseher. Die sind dann direkt froh, wenn der

63

Händler ihnen ihr altes Gerät zurücknimmt. Es ist noch prima in Ordnung, das können sie mir glauben... heute abend können Sie dann Ihre Messe sogar hören und sehen."

Der Lehrling schob den Kasten ächzend auf den Tisch. "... und ein Weihnachtsmärchen gibt's auch... wie im richtigen Theater", sagte er übermütig.

Der Ältere gab ihm lachend einen Stoß. „Rede nicht so viel, hol lieber die Antennengeschichte aus dem Wagen."

Fassungslos vor Freude hatte die Frau die Hände zusammengeschlagen. Und erst nach einer ganzen Weile fand sie die Sprache wieder: "Aber jetzt trinken Sie beide doch noch eine Tasse Kaffee mit mir, nicht wahr...?"

Helmut Pätz

Wölfchen bedankt sich

"Wir brauchen einen Weihnachtsmann..." Ich sah von meiner Zeitung auf.

"Für Wölfchen", sagte meine Frau, "er ist jetzt vier Jahre alt und wird sich nun allmählich nicht mehr damit zufriedengeben, dass er den Weihnachtsmann nie zu Gesicht bekommt, weil der noch zu all den andern vielen Kindern muss."

Ich war sofort Feuer und Flamme und legte die Zeitung beiseite. "Klar, das mache ich schon. Ein alter Mantel... ein langer Bart. Du, ich werde der beste Weihnachtsmann sein, den es je gegeben hat."

Meine Frau aber winkte ab. "Du nicht, Liebling... Wölfchen würde dich sofort erkennen." Sie ließ ihren Blick vielsagend über meine Einmeterneunzig gleiten. "Außerdem bist du viel zu albern... nein, nein, ich denke da an Opa."

Enttäuscht griff ich wieder nach der Zeitung. "Opa... naja, wenn du meinst..."

64

Sie setzte sich zu mir auf die Sessellehne und umfasste liebevoll meine Schulter.

"Glaube mir, Opa ist der richtige Weihnachtsmann... für Wölfchen, meine ich. Er ist doch immer zu Späßen aufgelegt und wird begeistert sein. Wir brauchen nur noch die passende Verkleidung. Ich denke da an deine alten Kommissstiefel, von denen du dich nie trennen konntest. Und dann ist da noch in der Truhe Onkel Heinrichs alter Fellmantel. Aus dem Warenhaus besorge ich dann noch einen langen, weißen Bart."

Am Weihnachtsabend klappte dann auch alles wunderbar. Opa gab sich die größte Mühe, wenn es ihm auch schwerfiel, sich dieses Mal in eine fest vorgeschriebene Rolle einzufügen. Kleine Schweißtropfen standen auf seiner Stirn, und das kam bestimmt nicht nur von dem schweren Sack mit den vielen Geschenken, den er auf dem Rücken trug. Wirklich, Opa war großartig! Neidlos gab ich zu, dass mir ein solch vollendeter Weihnachtsmann wohl doch niemals gelungen wäre, - wie er so dastand mit dem langen, wallenden Bart, dem alten Fellmantel von Onkel Heinrich und meinen ausgetretenen Soldatenstiefeln, und wie er mit erhobenem Zeigefinger und zittrig verstellter Stimme an Wölfchen die obligate Frage richtete, ob er denn auch schön artig und gehorsam gewesen sei das ganze Jahr über, was Wölfchen nicht ohne verlegenen Seitenblick auf meine Frau und mich eifrig bejahte. Flackernder Kerzenschein und Tannenduft erfüllte das Zimmer. Tante Lieschen schluchzte ergriffen, Onkel Heinrich lächelte gerührt, und meine Frau wischte sich verstohlen die Tränen weg. Opa aber nickte immerzu, schluckte ein paar Mal und strich mit der Hand wieder und wieder über den weißen Bart. Wölfchen sagte, etwas stockend, sein erstes auswendig gelerntes Weihnachtsgedichtchen auf, wobei sein Blick immer wieder erwartungsvoll zu dem prall gefüllten Sack

65

zurückkehrte, während er ungeduldig von einem Fuß auf den anderen trat.

Und dann hockte er auf dem Teppich, inmitten all der vielen, schönen Dinge. Wir alle atmeten erleichtert auf. Wölfchen hatte seinen Weihnachtsmann gehabt, einen richtigen Weihnachtsmann, und das hatten wir Opa zu verdanken. Der aber lehnte an der Tür, völlig erschöpft, und wischte sich die Stirn, während Onkel Heinrich ihm schmunzelnd ein Glas Wein einschenkte.

Da beugte ich mich zu Wölfchen hinunter. "Du musst dich jetzt aber auch schön bei dem Weihnachtsmann bedanken", sagte ich leise.

Mit roten Wangen sah er zu mir auf, und es dauerte eine ganze Weile, bis er begriff. "Ja, Papi..." Er sprang auf, lief zum Weihnachtsmann, schlang die Ärmchen um seine Beine und rief laut: "Danke, Opa!"

Spät am Abend, als wir Opa durch den knirschenden Schnee nach Haus begleiteten, legte ich tröstend meinen Arm um seine Schulter: "Und du warst doch ein guter Weihnachtsmann, Opa..."

Helmut Pätz

Zwei Menschen am Weihnachtsabend

Er machte das Licht aus, klappte das Buch zu und trat ans Fenster. Das Feuer im Ofen war schon lange ausgegangen, und er spürte, wie die Kälte von draußen auf ihn zukroch. Unten am Hang lagen die wenigen Häuser vor dem Wald, der sich schwarz und langgestreckt vom Himmel abhob.

Er hatte gehofft, sich endgültig lösen zu können von dem Gedanken an Martina, von all dem, was sie einander angetan hatten. Das war nun schon Jahre her, und er selbst, er wusste es jetzt, war auch nicht ganz schuldlos gewesen. Er hatte versucht zu vergessen, aber immer

66

wieder war es auf ihn zurückgekommen, in den stillen Stunden, wenn die Abende länger wurden. So wie jetzt.

Zwei Kinder liefen über die verschneite Straße und verschwanden in einem der Häuser. Er hörte ihr fröhliches Lachen. In den Fenstern flackerten die ersten Kerzen auf.

Still war es im Haus. Aber diese Stille, die er sonst so schätzte, jetzt ertrug er sie nicht. Sie trieb ihn hinaus. Im Dunkeln zog er sich seinen dicken Pullover über.

Die Zimmerwirtin war gestern in die Stadt gefahren, um bei ihrer Tochter und den Enkelkindern zu sein in diesen Tagen. Sie hatte ihm noch frohe Weihnachten gewünscht.

Frohe Weihnachten!

Plötzlich stutzte er. Vom Flur her war ein leiser Aufschrei erklungen. Er stieß die Tür auf, und im Schein des Dielenlichts sah er ein junges Mädchen. Es stand in der Türöffnung des Zimmers gegenüber. Ein, zwei Male hatte er sie schon gesehen, flüchtig, ohne jedoch weiter Notiz von ihr zu nehmen. Jetzt stand sie da, eine schmale Gestalt mit langem, dunklem Haar, das über ein blasses Gesicht fiel. In der Hand hielt sie eine leere Waschschüssel.

Verwirrt sah sie ihn an.

"... ich dachte, ich wäre allein im Haus", murmelte er, und gleich darauf: "Kann ich Ihnen helfen?"

Sie presste die Lippen zusammen. "... ach, nichts, es ist nichts..."

Sie wandte sich ins Zimmer zurück, tat aber einen unbedachten Schritt und unterdrückte nur mühsam ein Stöhnen.

Er griff zu und stützte sie. "Ist was mit Ihrem Fuß?"

"... der Knöchel... ich glaube, verstaucht... heute Morgen, als ich zum

Bahnhof wollte... ich brauchte frisches Wasser für die Umschläge."

Als er mit der Schüssel voll Wasser in ihr Zimmer trat, sah er, dass sie geweint hatte. Sie hatte sich ihren Mantel umgelegt - so musste sie schon den ganzen Tag über gehockt haben. Es war kalt im Zimmer. "Ist es so schlimm mit dem Fuß?"

Da schlug sie die Hände vors Gesicht, und das mühsam zurückgehaltene Weinen brach jetzt ungehemmt aus ihr hervor. "Es ist nicht der Fuß allein... es ist auch das erste Mal in meinem Leben, dass ich zu Weihnachten nicht zu Hause bin. Mein Vater, er wartet auf mich... er weiß ja nichts von meinem Missgeschick."

Er fühlte sich unbehaglich und wünschte sich weit weg, aber andererseits wusste er, dass er sie nicht allein lassen konnte. Er überlegte.

"Ich mache erst Mal Feuer an." Er lächelte knapp. "... und dann sieht schon alles ganz anders aus."

Und während er sorgfältig das Holz in den kleinen Kachelofen schichtete, begann sie wie selbstverständlich zu erzählen. Von ihrem Vater, der Pfarrer in einer kleinen Gemeinde war, von der Mutter, der früh Verstorbenen, von ihrem Zuhause. Zuhause, das war ein winziges Dorf am Fuße riesiger, verschneiter Berge. Zuhause, das war ein Gang durch dämmrige Wälder. Zuhause, das waren auch eine kleine uralte Kirche, eine Dorfschule mit einem alten, gütigen Lehrer, den sie nach Abschluss ihrer Studiums hier ablösen sollte.

"... mein Vater... er wird sich Sorgen machen..."

Er stand auf und sah sie an.

"Wenn Sie einverstanden sind, gehe ich jetzt zum Postamt und gebe ein Telegramm an Ihren Vater auf."

Als er an der Tür war, fragte sie zaghaft: "Werden Sie wiederkommen?"

"Das muß ich ja wohl...", er lächelte, "ich wohne ja schließlich hier."

Jetzt lachte auch sie. "... ein Stück Weihnachtsstollen habe ich auch liegen." Und dann leise, kaum

wahrnehmbar: "... das wäre schön... dann wäre ich doch nicht so allein..."
Wieder sah er sie an, eine ganze Zeitlang dieses Mal.
Und ich auch nicht, dachte er.
In der Türöffnung drehte er sich um und nickte…
Helmut Pätz

Zwischen ihnen lag der Wald

Erst als es dunkel wurde, war sie mit den Vorbereitungen fertig. Der Baum war geschmückt, die Geschenke hübsch verpackt darunter. Der Tisch war festlich gedeckt, und von der Küche her duftete es verlockend.
Sie stand am Fenster. Es war wie immer, ja, es war wirklich alles wie sonst auch. Und doch...
Warum stand sie jetzt hier, als wartete sie noch auf jemanden? War es nicht endgültig gewesen, was geschehen war? Ihr Herz krampfte sich zusammen und Tränen brannten in ihren Augen. Nein, es war nicht wie immer! Und sie wusste es, die ganze Zeit über hatte sie daran gedacht. Sie - und auch der Mann. Aber sie hatten nicht darüber gesprochen. Und die Last war immer schwerer geworden, besonders jetzt, da die Tage kürzer und die Abende länger geworden waren. Nein, es war nicht wie sonst! Und auch das Kind spürte es.
Dieser unselige Streit, - ein völlig unnötiger dazu.
Sie hatten sich doch sonst immer so gut verstanden, der Mann und ihr Vater. Eine Kleinigkeit nur war es gewesen, eine ganz unwichtige Sache, und sie konnte sich nicht einmal mehr erinnern, worum es überhaupt gegangen war. Die Stimmung war irgendwie gereizt gewesen, ein unbedachtes Wort war gefallen, und dann war das eingetreten, was man vorher nie für möglich gehalten hätte. Sie waren im Streit auseinandergegangen...
Es schien unabänderlich.

69

Sie hörte den Mann nebenan hin- und hergehen. Er sagte etwas zu dem Kind. Auch das Kind war bedrückt, ratlos, wusste mit all dem Geschehenen nichts anzufangen. Am Mittag hatte sie es ihm gesagt. Der Großvater würde nicht kommen. Und als das Kind aufbegehrte, - trotzig, dabei voll uneingestandener Not, hatte sie es mit scharfen Worten zurechtgewiesen. Die Tränen in den Augen des Kindes aber waren peinigender als alles andere vorher.

Sie presste die Stirn gegen das kalte Fensterglas. Kinder liefen draußen durch den Schnee. Sie riefen einander etwas zu, und durch ihr Lachen hindurch klang die Vorfreude auf das Kommende. Dann verschwanden sie, und es wurde wieder still draußen. Nach und nach fiel ein schwacher Kerzenschein in die hereinbrechende Dunkelheit.

Hinten am Horizont lag der schwarze Wald, und hinter dem Wald stand das Haus, in dem sie ihre Kindheit verbracht hatte, das Haus, in dem ihr Vater wohnte. Wenn man durch die Tannen ging, war man in einer guten halben Stunde dort.

Als sie die Schritte hörte, wandte sie sich um. Der Mann stand neben ihr. Er hatte das Kind an der Hand. Schluchzend schlang sie die Arme um ihn, und er strich ihr übers Haar. "Komm", sagte er, "wir holen ihn."

Der Schnee knirschte unter ihren Schuhen. Von der Dorfkirche her klangen die Glocken klar durch die kalte Winterluft. Ein Vogel flog auf, und vom nachzitternden Zweig rieselte der Schnee herab, lautlos, wie Silberstaub.

Sie schritten schneller aus. Das Kind tollte wie ausgelassen, stellte tausend übermütige Fragen, ohne die Antwort abzuwarten. Alles Schwere schien von ihm abgefallen. Der Mann und die Frau aber, sie sagten nichts. Sie hielten sich nur fest an den Händen.

Und dann sahen sie ihn. Er kam ihnen entgegen. Auch er ging schnell. Der Mann und die Frau blieben einen

Augenblick lang stehen. Sie sahen sich an. Wortlos und befreit.

Das Kind lief jubelnd auf den alten Mann zu.

Irene Pätz

Da war sonst niemand

Die Dunkelheit breitete sich aus. Er lehnte sich in den Sessel zurück und blickte hinaus in den Schnee, der immer dichter fiel. Quälende Müdigkeit hatte ihn befallen wie eine Last, der er sich nicht zu erwehren vermochte, dennoch war etwas in ihm, das ihn fast schmerzhaft wachhielt.

"Du bist todmüde", sagte seine Frau. "Du solltest einmal richtig wieder ausschlafen."

Ja, das hatte er dringend nötig. Drei Tage hatte er einen Kollegen in der Klinik vertreten, zusätzlich zu seinem üblichen Dienst auf der Unfallstation. In drei Nächten nur vier Stunden Schlaf, und selbst das noch in voller Kleidung. Aber er fühlte, dass er jetzt nicht schlafen könnte.

Seine Frau setzte sich neben ihn. "Was ist?"

Er sah sie mit leerem Blick an. "Was würdest Du von einem Arzt halten, der einen alten, einsamen Patienten sagt, es werde schon alles wieder gut. Einfach so dahinsagt, es werde alles gut, ohne sich dabei was zu denken?"

Sie legte zärtlich ihren Arm um seine Schulter. "Vielleicht konnte er ihm nichts Besseres sagen, heute, am Weihnachtstag. Aber komm, denk' jetzt einmal an etwas ganz anderes oder besser, denk' mal an gar nichts mehr. Es ist schließlich das erste Mal, dass du über Weihnachten zu Hause bist."

Von draußen hörten sie das Bellen eines Hundes, weit weg erst, dann näher, um dann endlich ganz zu verstummen.

"Ein Hund", sagte er, "... nur ein Hund..."

71

Und dann erzählte er...

Gegen Mittag war der alte Mann erwacht. Er schien genau zu wissen, wo er war. "Wie lange bin ich schon hier in der Klinik?"

"Seit gestern Mittag." Er verschwieg ihm einen ganzen Tag, um ihn nicht unnötig aufzuregen.

Bei einem Verkehrsunfall war er verletzt worden. Nicht sehr schwer, aber man hatte ihn wegen der Behandlung einer größeren Fleischwunde in eine leichte Narkose versetzen müssen.

Sein Gesicht war bleich, und seine verarbeiteten Hände glitten zitternd und wie suchend über die Bettdecke. Dann wandte er den Kopf.

"... und wie lange muß ich noch hierbleiben?"

"... vielleicht eine Woche oder auch zwei. Aber länger bestimmt nicht. Aber wen sollen wir benachrichtigen? Sie hatten keine Papiere bei sich. Man wird sich um Sie sorgen. Ihre Angehörigen... und heut' ist Weihnachten."

Kaum merklich schüttelte der alte Mann den Kopf. Er schien angestrengt nachzudenken. "Nein... nein... da ist keiner... aber der Harro, wissen Sie, der Harro..."

Wer ist Harro?"

"... der Harro..." Die Stimme war leise geworden, fast flüsternd, und er musste sich herabbeugen, um ihn zu verstehen. "... mein Hund. Mehr als zehn Jahre hab' ich ihn schon.Es muss sich doch jemand um ihn kümmern... er muß versorgt werden."

Er hatte beruhigend genickt. "Die Nachbarn werden es schon tun."

"... es gibt keine Nachbarn... ich wohn' ganz allein... in Feldkamp draußen... ganz nahe am Wald... es steht da nur ein Haus... ein sehr altes Haus... und da ist der Harro... in seiner Hütte... er ist angekettet."

"Die Hauptsache ist, dass Sie wieder gesund werden."

Wieder ein schwaches Kopfschütteln.

72

"Harro ist ganz allein... die letzte Nacht schon... er muss Futter und Wasser haben... er kommt sonst nachts immer zu mir ins Haus... und jetzt ist da keiner, der sich um ihn kümmert..."

Er wollte sich aufrichten, fiel aber stöhnend wieder in die Kissen zurück.

"So, jetzt wollen wir mal ganz ruhig bleiben und versuchen, ein wenig zu schlafen." Er hatte sich schon halb zum nächsten Patienten gewandt. "Es wird schon alles gut werden..."

Der Alte hatte ihm nachgesehen, verzweifelt, flehend und vertrauend zugleich.

"Ja..." hatte er nur noch leise gesagt.

Plötzlich fühlte der Mann im Sessel, dass er allein war. Er hatte gar nicht bemerkt, dass seine Frau das Zimmer verlassen hatte. Inzwischen war es ganz dunkel geworden, und er hielt die halbgeleerte Teetasse noch in der Hand. Die weiße Schneedecke warf von draußen ein fahles Licht an die Wand.

Da ging die Tür hinter ihm auf, und die Frau trat ein. Sie hatte schon einen Mantel an.

"Ich hab' den Wagen aus der Garage geholt", sagte sie, "komm jetzt!"

"Den Wagen?" Er verstand nicht.

"Ja... und ich werde fahren. Du bist zu müde. Ich kenne den Weg nach Feldkamp. In einer halben Stunde sind wir draußen... etwas zu fressen und eine Wolldecke für den Hund hab' ich schon eingepackt."

Helmut Pätz

Das Familienfoto

Dieses Mal wollten wir mit der ganzen großen Familie das Weihnachtsfest gemeinsam begehen. Sogar die Tante aus Kanada war gekommen. Alle wollten dabei sein, die Großmutter aus dem kleinen Heideort, Onkel Heinrich

73

aus der großen Weltstadt und sogar seine beiden Söhne, die zur See fuhren und die man sonst nur alle Jubeljahre einmal zu Gesicht bekam. Ja, sie alle sollten unter dem hohen Tannenbaum versammelt sein. Und dieses vielleicht einmalige Ereignis wollten wir festhalten - für alle Zeiten, und für nachfolgende Generationen. Ein Fotograf sollte kommen, ein Berufsfotograf, ein Profi!

"... ein Fotograf?" Onkel Jonny winkte ab. "Kommt ja gar nicht in Frage, wo Ihr doch genau wisst, dass ich mir vor einiger Zeit eine wertvolle Kamera gekauft habe... außerdem..." Er machte eine bedeutungsvolle Pause, "... habe ich erst kürzlich einen Fotolehrgang absolviert an der Volkshochschule... zwölf Abende..." und, als er unsere zweifelnden Mienen sah, "... einen Kurs für künstlerisch wertvolle Gruppen- und Porträtaufnahmen...", fügte er triumphierend hinzu.

Nun, Onkel Jonny war ein sogenannter "Hans Dampf in allen Gassen", immer voller überraschender Einfälle, zudem ein Meister der Überredungskunst, und so gaben wir uns geschlagen.

Es kam alles wie geplant. Ein dieses Mal besonders prächtig geschmückter Tannenbaum vereinigte uns vollzählig unter und um sich. Onkel Jonny baute eine gewaltige Pyramide aus uns allen, sogar das Hündchen von Tante Frieda und die neue Taucher-ausrüstung für den Sohn wurden wirkungsvoll mit hineinkonstruiert. Onkel Jonny war ganz in seinem Element, hüpfte hierhin, sprang dorthin, hypnotisierte ein zwangloses, aber doch der Bedeutung des Augenblicks angemessenes feierliches Lächeln auf alle Gesichter und zauberte durch eifriges Umstecken einiger elektrischen Kerzen verklärten Lichterglanz in unser aller Augen.

Eine volle Stunde dauerte dieser Aufbau, eine weitere Stunde die Aufnahmen selbst - der Weihnachtsabend war fast vorüber.

74

"... aber..." so Onkel Jonny siegessicher, "... es wird sich lohnen... Ihr werdet sehen."
Wir sahen nichts.
Wenige Tage nach dem Jahreswechsel - die ganze Familie war schon wieder in sämtliche Winde zerstreut - kam Onkel Jonny. Er ließ sich in den ersten besten Sessel fallen. Wir sahen ihn erwartungsvoll an.
"Onkel Jonny... die Bilder..."
Er zuckte die Schultern.
"... was ist mit den Bildern? Nun sag doch schon was. Ist etwa etwas schiefgegangen? Hat das Blitzlicht nicht funktioniert? Der Entfernungsmesser etwa? Oder stehen wir gar alle auf dem Kopf?"
Onkel Jonny winkte großspurig ab. "... das war alles in Ordnung... ich sagte Euch doch, dass ich einen Kursus für Fortgeschrittene mitgemacht hatte, nein, an solchen Kleinigkeiten konnte es gar nicht liegen, nur... und jetzt stand er schon halbwegs wieder an der Tür und wirkte auf einmal gar nicht mehr so großartig, " ... ich hatte vergessen, den Film einzulegen."
Von nun an, so beschloss der Familienrat, soll bei künftigen Familienfotos ein richtiger Fotograf hinzugezogen werden.
Und dagegen hatte nicht einmal Onkel Jonny etwas einzuwenden.
Helmut Pätz

Das hat er mir erzählt

"Es geht ja gar nicht weiter...", die Frau mit dem voll gepackten Einkaufswagen seufzte, "und dabei habe ich noch so viel zu erledigen."
Der Mann hinter ihr nickte zustimmend. Verdrossen sah er auf die künstlichen Tannenbäume mit den bunten Lichtern, die links und rechts neben den Kassen aufgestellt waren. Aus unsichtbaren Lautsprechern

dröhnten stimmungsvolle Weihnachtslieder, ab und zu unterbrochen von schrillen Reklamedurchsagen. Er knöpfte seinen dicken, mit Pelz gefütterten Mantel auf und wischte sich den Schweiß von der Stirn. "... ich gehe immer an diese Kasse" ,die Frau schob unmutig ihren Wagen mal nach rechts, mal nach links, "selbst wenn diese Schlange länger ist, stell' ich mich hier an. Die Kassiererin ist nämlich besonders flink." Der Mann hinter ihr nickte wieder. "Jaja, ich weiß das. Ich bin auch öfter hier. Eine sehr tüchtige Person, außerordentlich tüchtig sogar."

Hinter ihnen hatte sich inzwischen schon eine lange Reihe gebildet. Köpfe reckten sich, aber man konnte nichts erkennen als den Rücken eines alten Mannes, der mit der Kassiererin sprach. Unwilliges Gemurmel ging durch die Reihe der Wartenden.

Zum wiederholten Male packte die Frau ihre Waren in dem Karren um. Dann griff sie nach ihrer Geldbörse. "... ich will ja nichts sagen... aber immer diese alten Leute. Die kommen mit der heutigen Zeit einfach nicht mehr mit, denen geht das alles viel zu schnell. Umständlich zählen die ihr Kleingeld ab und stehlen uns die kostbare Zeit..."

Der alte Mann ganz vorne stand immer noch da und redete auf die Kassiererin ein, die nur ab und zu nickte. Plötzlich ergriff sie seine Hand und drückte sie kurz. Dann sah sie ihm noch eine Weile nach, ehe er, klein und etwas gebückt, zwischen den vielen Menschen im Gewühl verschwand.

Auf einmal ging es dann zügig wieder weiter. Die Frau legte ihre gekauften Sachen auf das Fließband. "... na, das hat ja dieses Mal lange gedauert bei Ihnen. Sie haben es wohl auch nicht immer leicht mit den alten Leuten, nicht wahr?" Ihr verbindliches Lächeln täuschte nicht über eine leichte Schärfe in ihrer Stimme hinweg.

Die Kassiererin erwiderte nichts, unablässig ergriffen ihre Hände die Waren, schoben sie in die Ablage, während ihre schnellen Finger die Zahlen eindruckten.

„...kannten Sie ihn vielleicht?" Die Frau ließ nicht locker.

Die Kassiererin riss den Bon ab. Und erst jetzt blickte sie auf. "... ich weiß nicht einmal seinen Namen. Aber er ist sonst immer mit seiner Frau zum Einkaufen gekommen. Nun ist sie gestorben. Vor einer Woche. Und das hat er mir erzählt."

Und während die Frau nun verlegen schweigend ihre Einkäufe in den Taschen verstaute, fügte sie noch hinzu: "... ja, und jetzt ist er ganz allein, der alte Mann. Aber irgendeinem Menschen muss er es erzählen. Irgendjemand muss ihm doch zuhören, nicht wahr?" Und dann wandte sie sich auch schon dem Mann in dem Pelzmantel zu.

Der sah auf einmal nachdenklich auf die vielen strahlenden Lichter an den Tannenbäumen, und dann nickte er heftig.

Und wieder erklangen die Weihnachtslieder aus den Lautsprechern...

Irene Pätz

Der zerbrochene Weihnachtsengel

"... nein, bitte, nicht!"

Als ob diese flehentliche Bitte etwas nützen könnte, stieß das kleine Mädchen diese Worte immer wieder aus. Entsetzt starrte es auf das zerbrochene Engelsköpfchen. Jetzt war es geschehen - das Schreckliche, das Unfassbare!

Man hatte ihr noch nie erlaubt, damit zu spielen. Ja, nicht einmal richtig anfassen durfte sie die zierliche Figur. Nur einmal, ein einziges Mal hatte sie sie ganz zart berühren dürfen - so eben mit den Fingerspitzen über das Haar, "... richtiges, echtes Haar..." hatte die Mutter gesagt und ganz

77

andächtige Augen gehabt dabei. Nichts von dem ganzen Weihnachtsschmuck, von all den bunten Kugeln, silbernen Glöckchen und drolligen, kleinen Weihnachtsmännern behandelte sie so sorgsam wie diesen Engel mit dem kostbaren Kleid aus vergilbter Seide, mit Spitzenbordüre besetzt. Und eben diesen Engel, den schon die Großmutter Jahr um Jahr mit den Worten "... und wenn der Baum auch sonst keinen Schmuck mehr bekäme, dieser Engel allein würde genügen, ihn festlich herauszuputzen", unendlich behutsam auf der Spitze der Tanne befestigte, - diesen Engel hatte sie nun... sie mochte diesen Gedanken nicht einmal zu Ende denken.

Wie konnte das nur geschehen? Sie hatte sich doch vorgenommen, ihn nur ganz vorsichtig in den Händen zu halten, nachdem sie klopfenden Herzens den Karton in ihr Zimmer geschmuggelt hatte. Sie hatte ihn doch nur einmal richtig anfassen, das feine Wachsgesichtchen streicheln, die sanft geschwungenen Bogen der Augenbrauen nachziehen und die weichen blonden Locken berühren wollen!

Unaufhaltsam fühlte sie die Tränen in sich aufsteigen. Mitleid mit sich selbst erfüllte sie und sie fand, dass sie zu hart bestraft worden sei für ihr unschuldiges Verlangen. Wie eine Last senkte sich der Gedanke an das Gesicht der Mutter, wenn sie den Schaden entdecken würde, auf ihr Herz.

Sie musste etwas unternehmen. Irgendetwas. Sie wusste, dass die Eltern nebenan vor dem Fernseher saßen, und dann fiel ihr ein, dass der Vater in seinem Schreibtisch im Arbeits-zimmer den Leim verwahrte. Erst neulich hatte er den Rücken eines ihrer Schulbücher damit geklebt. Aufatmend, aber immer noch leise schluchzend, stieg sie in ihre Pantöffelchen und schlich hinaus...

"... komisch..." sagte die Frau indessen zu ihrem Mann, "... ich muss da gerade an den Weihnachtsengel denken..." Sie lachte leise. "... Du meine Güte, was habe

78

ich als Kind nicht alles in diese kleine Figur hineinfantasiert! Ach, dieser Engel... ihn anzufassen war mir nicht erlaubt. Und meine Mutter war sehr streng. Aber einmal, da habe ich es doch getan. Ich wollte einfach wissen, wie es unter all den Spitzen und Rüschen aussah. Mein Gott, was habe ich für Angst ausgestanden, bis er endlich wieder heil und unversehrt in seinem Karton lag." Sie seufzte leicht. "Wie anders ist das doch alles heutzutage. Welches Kind hat schon noch Angst vor einer strengen Mutter? Und welches Kind hat überhaupt noch so viel Fantasie, um sich mit solchen Dingen zu beschäftigen..." Der Mann nickte nur und wandte sich wieder dem flimmernden Bild zu, "... nein", sagte er dann nach einer ganzen Weile, "... das stimmt." Die Frau schüttelte den Kopf und fügte nachdenklich hinzu:"... die sind doch viel zu realistisch, zu nüchtern, die Kinder von heute..."

Es war eine kalte, sternenklare Nacht. Fahles Mondlicht wanderte durch den Spalt der Vorhänge des kleinen Zimmers, ertastete den Zipfel der zerknüllten Bettdecke in einer leimverschmierten Faust und glitt dann wie besänftigend über ein gerötetes Kindergesicht mit heißen Wangen und geschlossenen Wimpern, an denen ein paar verspätete Tränen hingen…

Irene Pätz

Die Überraschung

...ob er etwas weiß? dachte sie, als sie aus der Küche kam. Im Vorübergehen blickte sie in den Flurspiegel. Sie erschrak. War da in ihren Augen nicht ein verräterischer Glanz zu erkennen? Auf jeden Fall war es nicht mehr das Gesicht eines Kindes, das sich ganz einfach auf Weihnachten freut, sondern die weichen Züge eines jungen Mädchens, das verliebt war... Sie schnitt sich selbst eine Grimasse und versuchte, gleichgültig auszusehen.

Als sie das Zimmer betrat, war alles wie sonst. Da saß der Vater in seinem tiefen Sessel und las in einem seiner geliebten Bücher. Den Baum hatten sie schon gemeinsam am Vormittag geschmückt, wie immer in all den Jahren, in denen sie allein zusammenlebten und sich stets in allem wunderbar verstanden und ergänzten. Gewiss, es gab auch Stunden, in denen sie sich mitunter die Köpfe heißredeten, einander leidenschaftlich widersprachen und hitzige Debatten führten, aber doch am Ende immer wieder feststellten, dass sie im Grunde eigentlich dasselbe meinten.

"... lass die schöne Gans nicht verbrutzeln!"

Nein, er war wie immer. Oder doch nicht? Waren seine Blicke nicht forschender, fragender als sonst? Sie musste sich getäuscht haben. Mit keiner Silbe hatte sie je verraten, wie es um sie stand. Sie hatte immer nur wenige Freunde gehabt und Vater kannte sie alle. Aber Georg war der erste, der... ach, Georg...

Er war dem Vater so ähnlich. Mit ihm konnte sie sich stundenlang unterhalten, sich über irgend etwas ereifern oder auch freuen. Auf ihn konnte sie sich verlassen, felsenfest. Bei ihm fühlte sie sich geborgen, so wie sich bei ihrem Vater geborgen gefühlt hatte all die Jahre, seit die Mutter sie verlassen hatte. Nie hatte sie etwas zu entbehren brauchen, trotz der vielen Unkenrufe der Umwelt.

Aber nun gab es Georg. Wie sollte sie es dem Vater beibringen? Heute Abend jedenfalls nicht! Oder vielleicht doch? Irgendwie ergab sich ja eventuell eine günstige Gelegenheit. "...sagtest du etwas, Vati?"

Er blickte zerstreut auf, schüttelte geistesabwesend den Kopf.

Nein, der Gute, er ahnte nichts. Und sie, sie konnte es ihm einfach nicht sagen. Noch nicht. Und heute Abend erst recht noch nicht - auch nicht, wenn sie daran dachte,

80

wie merkwürdig sie Georg angesehen hatte, als sie ihm ihre Beweggründe erklärte...

Als sie dann wieder in der Küche stand, dachte sie fast ein wenig ärgerlich darüber nach, warum Väter eigentlich immer so schrecklich ahnungslos sein mussten. Und der ihre ganz besonders! Wenn der nur seine Bücher hatte und wenn sie nur immer pünktlich und brav nach Hause kam, dann war die Welt in Ordnung für ihn! Zornig rührte sie jetzt in der Bratensoße.

Plötzlich klingelte es. Wie ein Schlag durchfuhr es sie. Um diese Zeit kam sonst niemand an einem solchen Abend. Vater und sie waren immer ganz allein am Weihnachtsabend...

Fast stieß sie mit dem Vater im Flur zusammen, und noch ehe sie die Tür aufmachte, ahnte sie, wer da geläutet hatte. Und mit einem Mal war ihr alles klar.

Georg! Vater hatte ihn kommen lassen. Er hatte also alles gewusst -.

Sie sah ihn an, ihren Vater, und sie verstanden sich wie immer ohne Worte. Er nickte ihr zu und dann lächelte er mit einer winzigen Spur von Traurigkeit. "... na, dann Kinder... von nun an kann ich wenigstens meine Bücher in Ruhe lesen…"

Irene Pätz

Eine Krawatte zu Weihnachten

Er stand am Fenster und starrte hinaus. Den ganzen Nachmittag über hatte es geschneit, und ein dichter weißer Schleier lag auf den sonst so dunklen Straßen. Immer noch tanzten unzählige Flocken im Lichtkegel der einsamen Straßenlaterne, wirbelten jäh durcheinander, stiegen wie in einem letzten Aufbäumen noch einmal hoch, um dann ermattet wie nach einem wilden Tanz, zu Boden zu sinken.

Ganz still stand er da in diesen Minuten des Überlegens, und es wurden Minuten der Entscheidung.

Vorhin hatte Walter angerufen.

Der Freund hatte ihn eingeladen, heut' Abend auf seine Bude zu kommen, zu einer "zünftigen Weihnachtsfete". Noch ein paar andere würden sich dazugesellen. Er hatte zugesagt und eine gute Flasche als Mitbringsel gekauft. Er hatte sogar seinen einzigen guten Anzug aus dem Schrank geholt und die neue Krawatte dazu umgebunden, die er gestern Abend noch im Kaufhaus erstanden hatte.

Sonst hatte ihm seine Mutter immer einen Schlips geschenkt. Seitdem er aus der Schule war. Jedes Jahr zu Weihnachten, und sie unterschieden sich kaum voneinander. Es war immer dasselbe gewesen und es hatte ihm zum Halse herausgehangen, das alles. Immer dieselben gerührten Gesichter, immer dasselbe "Festessen", immer, der wie jedes Jahr gleichgeschmückte Tannenbaum. Wie spießig! Und dann die gleichen Gespräche, die sich immer um dieselben Leute drehten, Jahr für Jahr.

Und so war gekommen, was kommen musste. Ein Streit, ausgelöst durch irgendeine belanglose Kleinigkeit, genährt durch lange aufgestauten Groll.

Er war ausgebrochen aus ihrer kleinen häuslichen Gemeinschaft und hatte sich bei wildfremden Leuten eingemietet. Hier war er endlich sein eigener Herr, hier konnte er tun und lassen, was er wollte, und keiner fragte, wohin er ging und woher er kam.

Nichts hatte er mitgenommen, was ihn an zu Haus erinnern konnte. Er hatte alle Brücken hinter sich abgebrochen, hatte nichts mehr von sich hören lassen, und er fand, dass es so richtig war.

Einmal, es war jetzt schon über eine Woche her, hatte der Chef ihn aus der Werkstatt geholt und ihn gefragt, ob die Frau da drüben auf der anderen Straßenseite, die schon so lange da stand und zu ihnen herübersah, eine Bekannte sei. Als er dann kam, verschwand sie gerade um die Straßenecke. Er hatte ihr nachgesehen und verneinend den Kopf geschüttelt. Aber er wusste, dass es seine Mutter gewesen war.

Trotzdem war er irgendwie enttäuscht, als er vorhin am Telefon Walters Stimme vernahm.

"... ja... ja... ich komme", hatte er dann gesagt, und selbst nicht gewusst, warum seine Stimme so gereizt klang.

Und er wusste eigentlich auch nicht, warum er auf einmal eine ganz andere Richtung einschlug, als er mit in den Jackentaschen gestopften Fäusten durch den Schnee stapfte, vorbei an den wenigen Häusern, hinter deren Fenstern die ersten Kerzen flackerten. Er ging wie ein Schlafwandler in den Abend hinein und stand dann plötzlich vor der Eingangspforte, hinter der der verschneite Garten lang, der Garten mit dem hohen Holzpfosten, in welchem er einmal in jugendlichem Übermut eine Indianerfigur geschnitzt hatte. Sein Vater hatte bald darauf mit ein paar gekonnten Schnitzern das Machwerk nachträglich noch verbessert, lachend, ohne ihn deswegen gescholten zu haben.

Und dann sah er ihn, den Vater, wie er gerade einen Arm voll Holzscheite aus dem Schuppen holte. Er musste wohl seinen Namen gerufen haben, denn wie in einem in Zeitlupe gedrehten Film kam er auf ihn zu...

Seltsam, wie auf einmal alles von ihm fiel, was ihn tief innerlich gequält und bedrückt hatte. Sogar die kindliche Verlegenheit war von ihm gewichen, als er die Mutter in die Arme nahm, nachdem er in das Haus zurückgekehrt war, als sei er nur einen einzigen Tag fortgewesen.

Und seine Stimme klang wohl auch darum so gelöst, fast heiter, als er in das Telefon sprach:" Hallo, Walter... nein, ich komme nicht... ich bin zu Hause... bei meinen Eltern... und mein Geschenk habe ich auch schon bekommen... eine Krawatte."

83

Und dann sahen sie sich an und lachten befreit, und es löschte ein ganzes Jahr aus, dieses Lachen, ein langes, dunkles Jahr...
Irene Pätz

Es war ein schöner Abend

Und so lernte ich sie erst richtig kennen, die alte Frau aus dem vierten Stockwerk, obgleich wir schon jahrelang in demselben Haus wohnten. Gewiss, man begegnete sich hin und wieder auf der Treppe, grüßte freundlich, und wechselte ein paar belanglose Worte, die aber schon in den nächsten Minuten untergegangen waren im Wirbel des Alltags, der einen in sich hineinsog. Besonders jetzt in der geschäftigen Zeit vor Weihnachten. Da wurde geplant, gekauft, und das Erworbene sorgfältig versteckt vor neugierigen Kinderaugen.

Und so kam es, dass mein Mann und ich eines Tages ratlos vor dem unförmigen, mit Papierbandagen umwickelten Paket standen, das ein Kaufhaus bei uns abgeliefert hatte.

„Peters Schaukelpferd", sagte ich leise, den Finger warnend auf die Lippen gelegt. "Aber wohin damit? In der Wohnung ist es unmöglich, und in unserer Bodenkammer hätte nicht einmal mehr eine Stecknadel Platz."

Und da fiel sie mir auf einmal ein, die alte Frau von ganz oben. Sie hatte ihre Kammer direkt neben der unsrigen, und bis auf ein paar alte Pappkartons war sie fast leer.

"... heute Abend noch werde ich mal rauf gehen und sie fragen", sagte ich zu meinem Mann "... ich hab' zwar nicht viel Zeit, aber die Sache ist ja auch in fünf Minuten erledigt."

Es war schon spät, als ich an ihrer Tür läutete und mein Anliegen vorbrachte. Oh nein, selbstverständlich habe sie nichts dagegen, und wir könnten ruhig alles, was uns im

84

Weg sei, bei ihr abstellen. Und mit diesen, beinahe hastig hervorgebrachten Worten ergriff sie meine Hände und führte mich ins Zimmer. Sanft drückte sie mich in einen der beiden um einen kleinen Tisch gruppierten Sessel und stopfte mir fürsorglich ein weiches Kissen in den Rücken. Während wir uns dann über dieses und jenes unterhielten, sah ich mich unauffällig um.

Eine kleine Seidenschirmlampe warf einen gedämpften Schein auf die blankpolierten, altmodischen Möbel. Auf dem Tisch stand eine Holzschale mit Nüssen und neben dem Fernsehgerät eine große Vase mit tief herabhängenden Tannenzweigen, dazwischen ein paar Fäden Silberlametta und einige wenige Silberkugeln, von denen die schimmernde Glasur zum Teil abgesprungen war.

Ich war inzwischen verstummt. Es war so friedlich, so anheimelnd in dem Raum. Da war nur die leise Stimme dieser alten Frau, die jetzt mehr und mehr ins Erzählen kam. Von ihrer großen Familie sprach sie, die auch sie einmal hatte. Und dass sie sie nach und nach alle verlassen hätten, und nur sie ganz allein übriggeblieben sei. Ja, so wäre das Leben nun einmal. Und sie wollte auch nicht jammern und klagen, oh nein, das wollte sie gewiss nicht, sei ihr doch die Erinnerung geblieben an all ihre Lieben, an schöne und auch an schwere Zeiten, die sie miteinander geteilt hätten.

Ich saß still da und hörte zu. Ans Fortgehen dachte ich schon lange nicht mehr. Waren es ihre alten, einsamen Hände, die mir unentwegt geknackte Nüsse auf einem kleinen Tellerchen anboten, oder waren es ihre Augen, die ängstlich jede meiner Bewegungen abtasteten, als fragten sie: "Du gehst doch noch nicht? Nicht wahr. Du bleibst doch noch ein wenig?"

Als sie mich schließlich zur Tür begleitete, mochten Stunden vergangen sein. Auf ihrem Gesicht lag ein zarter, rosiger Schimmer. Lange und fest hielt sie meine Hand, und ihre Augen glänzten "... ach, war das ein schöner

85

Abend. Schon lange nicht mehr hatte ich einen so schönen Abend."

Nein, sie sagte es nicht. Aber das brauchte sie auch gar nicht. Ihre Augen taten es. Und ich wusste, dass ich sie in Zukunft nicht nur am Weihnachtsabend zu uns herunterholen würde...

Irene Pätz

Es wird eine kalte Nacht

Es hatte geschneit, die ganze Nacht über, und nur unter größten Anstrengungen hatten sie mit dem Schneepflug die Straße freihalten können.

Ihm war heiß unter dem dicken Mantel. Dennoch setzte er verbissen einen Fuß vor den anderen, hineinwatend in das unendlich erscheinende Weiß ringsumher, auf das jetzt der frühe Abend herabsank. Sie gingen nebeneinander her, und mit jedem Schritt sanken sie knietief ein. Zwanzig Schritte neben sich wusste er Herbert, und sie riefen sich hin und wieder etwas zu, um sich nicht zu verlieren.

Sie näherten sich dem Wald.

Am späten Nachmittag hatte es Alarm gegeben. Sie waren nicht mehr viele gewesen in der Kaserne. Die meisten waren schon nach Hause gefahren. Nur die Männer von der Wache waren noch da und einige Wenige, die nicht wussten, wo sie die Festtage verbringen sollten.

Zehn, fünfzehn Mann etwa hatten sich in dem großen, verschneiten Kasernenhof eingefunden. Unwillig scharrten sie mit den Füßen.

Dann kam der Leutnant. Er hatte darauf verzichtet, dass sie Aufstellung nahmen. Sie mochten ihn nicht besonders, den Leutnant - eigentlich keiner von ihnen mochte ihn.

"... mal herhören..." sagte er, "...ich brauch' ein paar Leute... freiwillig!"

86

Sie starrten in den Schnee. Keiner rührte sich.

"... es geht um zwei kleine Kinder aus dem Dorf." Seine Stimme klang anders als sonst, und jetzt bemerkten sie erst den Mann, der hinter ihm stand. Ein Zivilist. "... sie werden vermisst... seit heute morgen... Ihr wisst, was das heißt, bei diesem Wetter... wahrscheinlich sind sie in den Wald hinüber... das hier ist übrigens ihr Vater... er bat mich..."

Da gab es nichts mehr zu erklären.

Wie selbstverständlich hatten sie sich formiert: Zwölf Soldaten, der Gendarm aus dem Dorf und auch der aus dem nächstgelegenen Nachbardorf, beide mit ihren Suchhunden, und noch fünf Männer in Zivil.

Dann schwärmten sie aus in den Wald, in dem die hohen Tannen wie schwarze Scherenschnitte im hellen Schnee standen und über den der Himmel sich jetzt aufzuklären begann nach den letzten starken Schneefällen, ein Himmel mit einzelnen, schnellziehenden Wolkenfetzen, die die ersten funkelnden Sterne freigaben...

Als das Mädchen aus der Schule kam, hatte sie dem kleinen Bruder gleich das Märchen erzählt, das Märchen von dem kleinen Tannenbäumchen, das so gern einmal ein großer Christbaum sein wollte, ein ganz großer mit vielen, vielen Lichtern und bunten Kugeln daran.

Mit hochroten Wangen hatte er gelauscht, und immer wieder musste sie es erzählen, so wie der Lehrer es ihnen heute morgen erzählt hatte. "... und gibt es das wirklich, das Tannenbäumchen?"

"Ja... und wenn man Glück hat, viel Glück, dann kann man es sogar finden."

"Bei uns hier im Wald?"

Sie hatte genickt. "Ja... bei uns im Wald. Ganz klein ist er noch und vielleicht ganz versteckt unter dem vielen Schnee."

"Wollen wir es nicht suchen geh'n, das Tannenbäumchen, das so gerne ein Christbaum werden will?" Abends, im

87

Bett, als sie sich schon zur Wand gedreht hatte, stand der Kleine auf einmal neben ihr.

"Ja ja," nickte sie, schon halb im Schlaf.

"... morgen früh gleich, ehe der Nikolaus es womöglich wegholt?"

"... jaja... aber nun geh endlich schlafen."

"... und es bleibt unser Geheimnis, nicht wahr? Keiner darf etwas davon wissen."

Die letzten Worte hatte sie schon nicht mehr gehört, aber als der erste Morgenschimmer durch die Fensterläden drang, stand der Kleine schon wieder vor ihrem Bett.

"Komm... du hast es versprochen... lass uns gehen, ehe es einer bemerkt... sie schlafen alle noch... komm, mach schnell!"

Der Soldat war todmüde, und er stolperte über seine eigenen Beine. Er wusste nicht mehr, wie lange sie schon unterwegs waren. Es musste tief in der Nacht sein, und er hatte nur noch den einen Wunsch: sich fallenzulassen, irgendwo hin, ganz gleich wo, und zu schlafen, nur noch zu schlafen. Zugleich aber peinigte es ihn, schmerzhaft fast, immer wieder, kreisten seine Gedanken unentwegt um die beiden verschwundenen Kinder, und er fühlte, dass das hier die wirkliche erste ernsthafte Aufgabe seines jungen Lebens war.

Er rief Herberts Namen. Zögernd nur kam die Antwort und schon sehr weit weg. Ein Hund bellte - doch dann war es wieder still. Er wusste nicht, wo die anderen alle waren, er wusste auch nicht, in welche Richtung er ging. Er wusste nur, dass er nicht aufgeben durfte, jetzt nicht und hier nicht.

Und da hörte er es plötzlich - eine kleine, leise Stimme. Mit angehaltenem Atem lauschte er, lehnte sich gegen einen Baum, aber nur das Rauschen des Windes hing in den Zweigen. Er musste sich getäuscht haben...

"Hallo..." rief er. Und nochmals "Hallo…"

88

Und dann war sie wieder da, die Stimme, fast ein Wimmern nur noch. Er machte ein, zwei Schritte vorwärts, und dann sah er sie, die beiden kleinen Schatten im Schnee, engumschlungen, am Fuß einer großen Tanne. Ein nie gekanntes Glücksgefühl trieb ihm fast die Tränen in die Augen und verjagte jäh die Müdigkeit. Er hockte sich zu den Beiden, schob den Schnee von ihren Jacken und redete beruhigend auf sie ein. Sie gaben nur widerwillig und schlaftrunken Antwort. Dann richtete er sich auf.

"Herbert!" schrie er. "Herbert... hierher!"

Und Herbert rief zurück, dann noch einmal, und er kam näher...

Helmut Pätz

Freuen auf Weihnachten

Ich weiß nicht, ob es Ihnen auch so geht wie mir - aber ich freue mich auf Weihnachten! Jedesmal wieder aufs Neue freue ich mich wie ein Kind auf diese schönste Zeit des Jahres...

Ja, ich freue mich - auf all die vielen großen und kleinen geheimnisvollen Vorbereitungen, auf den Bummel durch die winterliche Stadt, auf die vielen kleinen Buden und die festlich geschmückten Schaufensterauslagen. Ich freue mich darauf, wenn ich heimkehrend, beladen mit unzähligen Päckchen und Tüten, diese, von den Meinen unbemerkt, schnell in den Tiefen der Schränke und Schubladen verschwinden lasse. Ich freue mich im Hause auf den unwiderstehlichen Duft von Zimt, Koriander und Nelken, wenn der Honigkuchenteig in irgendeiner Ecke unterm Leinentuch reift. Ich freue mich auf das geheimnisvolle Dunkel des Dachbodens, wenn ich in den Kisten und Schachteln krame, um den Weihnachtsschmuck zusammenzusuchen, und ich freue mich, wenn ich dann, mit einem ramponierten,

89

pausbäckigen Weihnachtsengel in der Hand, in ein Land voller glücklicher Kindheitserinnerungen versinke. Ich freue mich auf den festverschnürten Pappkarton mit den vielen Weihnachtsgrüßen vergangener Jahre, bunte Karten mit dick verschneiten Tannen und silberglitzernden Glocken, die ich immer wieder aufs Neue so gerne betrachte.

Ja, ich freue mich auf das alles. Und es kümmert mich dann herzlich wenig, das Gerede von Konsumzwang und Verwässerung guter alter Bräuche. Für mich jedenfalls gilt das alles nicht. Ich freue mich sogar auf den Gruß des sonst so mürrischen Nachbarn und das leichte Kopfnicken der alten, kränklichen Frau von gegenüber. Denn sein Gruß ist um eine Spur freundlicher als sonst, scheint mir, und ihr Kopfnicken um eine Winzigkeit erwartungsvoller, hoffnungsfroher als gestern oder vorgestern.

Und eigentlich weiß ich genau, dass auch sie sich insgeheim freuen auf Weihnachten, genau wie ich.

Irene Pätz

Heinrich kommt

Jedes Jahr um dieselbe Zeit kam er. Ohne auf den Kalender sehen zu müssen, wussten wir es: Diese Woche kommt Heinrich! Und dann stand er auch schon an der Tür, an einem dieser dunklen und doch so anheimelnden Nachmittage. Mit seinem ehrlichen, offenen Gesicht, seinem breiten Lachen und den großen, zupackenden Händen.

„...Heinrich ist da."

Und jedes Jahr brachte er uns etwas anderes, - einen Kugelschreiber etwa, ein Zimmerthermometer oder auch einen Wandkalender mit Lederfassung, "...eine kleine Aufmerksamkeit als Dank für Ihre treue Kundschaft von Ihrem Heizstoffhändler", sagte er. Wir baten ihn dann

90

herein, setzten uns um ihn herum und durften mit ihm und den Kindern gemeinsam zum erstenmal von Mutters frischgebackenen Weihnachtsplätzchen probieren. Wenn er dann ging, steckte ich ihm noch eine meinen Festtagszigarren in die Jackentasche.

So ging es Jahr für Jahr. Und wenn Heinrich sich wirklich einmal verspätete, dann waren wir gleich besorgt. "... er wird doch nicht etwa krank sein?" Wenn er dann aber vor der Tür stand mit seinem gewohnten vertrauten Lächeln, fühlten wir uns irgendwie immer erleichtert.

Heinrich! Wir gaben ihm diesen Namen, einfach, weil wir meinten, dass er gut zu ihm passen würde, zu diesem schlichten, aufrechten Menschen, - ein Frührentner vielleicht, so dachten wir, der sich um die Weihnachtszeit mit solchen Botengängen ein wenig Geld zuverdienen wollte...

In diesem Jahr ergab es sich, dass ich persönlich die Rechnung bezahlen wollte, und die Dame am Computer in dem kleinen Büro bat mich, einen Augenblick Platz zu nehmen. Ein kurzer, geschäftlicher Vorgang, so dachte ich. Doch dann geschah etwas völlig Unerwartetes.

Die Nebentür, die ins Hauptkontor führte, tat sich auf, und heraus trat Heinrich, unser guter, alter Heinrich! Das Mädchen stand von der Schreibmaschine auf und reichte ihm einen Haufen Papiere. "... hier, Chef, die Rechnungen, ich hab' sie schnell noch fertiggemacht."

Chef! Unser Heinrich! Er war der Inhaber dieser Firma!

Ich fühlte, wie mir das Blut zu Kopf stieg, als er mir herzlich und fest zupackend die Hände schüttelte. Er schien sofort zu wissen, was in mir vorging.

"... sehen Sie, schon mein Großvater, der dieses Geschäft vor vielen Jahren gründete, hat es so gehalten... Ohne die Treue der Kunden, das war stets sein Motto, kann kein Geschäft wachsen und gedeihen. Und diese Treue, die musst du dir erhalten, und ebenso treu musst du auch selbst sein. So sagte er es meinem Vater, und so sagte es

mein Vater auch zu mir, wenn er mich mitnahm, als ich noch ein kleiner Junge war, von Haus zu Haus, auf diese weihnacht-lichen Gänge. " Und nach einer kleinen Pause sagte er nachdenklich: "Wissen Sie, die Zeiten mögen sich geändert haben, gewaltig geändert haben sogar - aber müssen denn wir Menschen uns deshalb auch ändern...?"
Dann gingen wir beide über den Hof.
"Bald ist es wieder soweit", sagte er, als er sich mit einem kräftigen Händedruck von mir verabschiedete. Dabei blinzelte er mir vergnügt zu. "... dann kommt 'Heinrich' wieder zu Ihnen."
Helmut Pätz

Keine Zeit für Weihnachtsstollen

"Heut' sind Sie aber spät dran", sagte sie, als sie ihn einließ.
Der Mann mit der blauen Mütze nickte. "... viel zu tun, jetzt in dieser Zeit." Mit geübtem Schwung warf er das Tuch über die Schulter, nahm den Eimer und ging ans Fenster. "... bringt aber wiederum auch ein bisschen mehr Geld in die Lohntüte." Geschickt hantierte er mit Ledertuch und Schwamm.
Die alte Frau seufzte. "Ach ja, so eine kleine Zulage, das kann wohl jeder gut gebrauchen."
"... die Kinder stellen Ansprüche heutzutage, kann ich Ihnen sagen..." Mit eleganten Schwüngen zog er Schlangenlinien über das Fensterglas, drehte sich halb zu ihr um und lachte gutmütig. "Die sind nicht mehr so genügsam wie früher zu Ihrer Zeit."
"... zu meiner Zeit, ja, damals..." Sie setzte sich wieder in ihren Sessel zurecht und verspürte jenes ganz besondere Herzklopfen, das sie jedesmal als Kind hatte, wenn sie vor dem festlich herausgeputzten Tannenbaum stand und auf die gestickte Decke starrte, unter der all die

92

wunderbaren Sachen lagen, die sie sich über ein ganzes Jahr lang so heiß erwünscht hatte. "Wissen Sie, damals da war es so..." Ein gellender Pfiff ließ sie zusammenzucken. Der Mann stieß das Fenster auf und beugte sich weit hinaus. "... nee, Paule, lass man!", schrie er hinaus, "heut nehm´ ich die zweite und dritte Etage dran." Mit einem lauten Knall schloss er das Fenster wieder. "... immer diese Hetze..."

Die alte Frau lehnte sich zurück. Auf einmal fühlte sie sich sehr müde. Die Vorbereitungen hatten sie doch mehr angestrengt, als sie wahrhaben wollte. Und doch war sie glücklich wie schon lange nicht mehr. Wie hübsch der gedeckte Tisch war! Sogar die Kerzen passten in der Farbe genau zu dem dunklen Grün der alten, bestickten Leinendecke. Und wie selbstgebacken sollte der zuckerbestäubte Stollen schmecken, hatte ihr die Bäckersfrau von gegenüber versichert. "Sie bekommen wohl Besuch?" Freundlich und etwas neugierig zugleich hatte sie sie dabei angesehen. "... er hat ja nie sehr viel Zeit", hatte sie schnell geantwortet, "aber für eine gute Tasse Kaffee wird es wohl gerade noch reichen, denke ich."

Der Mann war inzwischen bei dem letzten Fenster angelangt. "Wissen Sie", sagte er, "alt zu sein hat auch etwas für sich..." Mit einer Handbewegung, als wische er einen Wassertropfen von der Scheibe, fegte er ihren Einwand schon im Voraus weg. "Da kommen wir schließlich alle mal hin. Und dann hat man endlich einmal Zeit für sich. Nur für sich. So wie Sie jetzt." Sein Blick verweilte anerkennend auf dem einladend gedeckten Tisch. "Man kann dann einfach so dasitzen und auf seinen Besuch warten."

Sie wollte jetzt etwas sagen, aber als sie die gehetzten Bewegungen sah, mit denen er seine Sachen zusammenpackte, verließ sie der Mut, und sie schwieg. Dann erhob sie sich mühsam, schlurfte zur Kommode

93

und holte ein Geldstück hervor. "... bitte, hier, nehmen Sie.... Ihr Weihnachten..." Ihre Stimme klang brüchig.

Er sah sie erfreut an, "Na, Muttchen, das ist aber mal eine Überraschung. Vielen Dank auch. " Er lächelte. "Dann wünsch' ich Ihnen auch 'was..." In der Tür wandte er sich noch einmal um. "Und viel Spaß bei Ihrem Kaffeekränzchen." Dann fiel die Tür hinter ihm ins Schloss.

Bewegungslos stand sie da, eine ganze Weile. Sie begriff es nur langsam. Jetzt war er fort, der nette, junge Mann, auf den sie sich jedesmal so freute, alle vier Wochen einmal, war er doch einer der Wenigen, die etwas Abwechslung in ihr einsam gewordenes Leben brachten... Ja, nun war er fort. Eine jähe Welle von Enttäuschung und Müdigkeit überkam sie. Mit schleppenden Schritten ging sie zum Tisch, faltete sorgfältig die ungebrauchten Servietten zusammen, stellte die beiden Kaffeegedecke in den Schrank zurück und wickelte den Stollen wieder in das Cellophanpapier.

Dann löschte sie die Kerzen, ging an das frisch geputzte Fenster und sah in die hereinbrechende Dunkelheit hinaus, in der die ersten Lichter aufflammten.

Irene Pätz

Kleiner Schlitten aus Zuckerwatte

Der Mann warf die Zeitung auf den Tisch. "Du verwöhnst ihn zu sehr..."

Die Frau trug das Geschirr in die Küche. Als sie zurückkam, fiel ihr Blick auf den dunklen Haarschopf des Jungen zwischen den beiden Sesseln. "Ach, lass doch... es ist schon gut." Auch ihre Stimme klang gereizt.

Der Mann nahm die Zeitung wieder auf. Die Frau kramte in ihrem Nähkorb. Dabei sah sie zu dem Jungen hinüber, der bäuchlings auf dem Teppich lag. Vor sich hatte er einen kleinen hölzernen Schlitten aufgebaut und betrachtete ihn gedankenverloren. Auf dem Gefährt hockte ein in buntes Stanniolpapier gewickeltes Männchen, das auf dem Rücken ein Jutesäckchen trug, welches bis zum Rand mit bunten Schokoladentalern gefüllt war. Behutsam zeichneten seine Finger die mit weißer Zuckerwatte überglitzerten zierlichen Schlittenkufen nach.

Die angespannten Züge der Frau wurden weich. Ja, über solche Sachen hatte er sich immer schon gefreut. Sie hatte es gestern in der Stadt in einem kleinen Laden gesehen und ohne zu zögern gekauft.

Noch nie hatte der Junge es fertiggebracht, eines von diesen winzigen Köstlichkeiten aufzuessen und damit unwiederbringlich zu zerstören. Stets hatte er immer nur ganz behutsam damit gespielt - es mal hierhin, mal dorthin geschoben, bis es seinen besten Platz gefunden zu haben schien. Ja, dachte die Frau gerührt, so war es jedes Jahr wieder, und so sollte es auch so lange wie möglich bleiben...

Auch der Mann wusste es. Aber in der letzten Zeit hatte er dauernd an allem etwas auszusetzen. Auch an ihr. Vor allem an ihr.

Er ließ die Zeitung wieder sinken. "... er ist doch schon viel zu groß für so was."

Sie fühlte wieder Groll in sich aufsteigen und beugte sich über den Nähkorb. "... er ist immer noch ein Kind... jedes Kind braucht nun mal so etwas."

Der Mann angelte sich eine Zigarette aus der Packung. "Unsinn, wir haben das früher auch nicht gehabt."

Sie warf die Handarbeit auf den Tisch. "Das gibt dir noch lange nicht das Recht, ihm jede Freude zu missgönnen..." Ihre Stimme war jetzt messerscharf geworden.

"... missgönnen..." Der Mann fuhr wütend auf. "... du meine Güte, immer machst du gleich einen Elefanten aus einer Mücke. Überhaupt, ungenießbar bist du geworden in letzter Zeit. Jawohl, ungenießbar. Das wollte ich dir schon längst einmal gesagt haben. Wenn das so weitergeht, dann..."

Sie stritten sich immer heftiger. Der Junge aber hörte gar nicht mehr hin. Er warf die Tür mit einem lauten Knall hinter sich zu - die beiden merkten es nicht einmal.

In seinem Zimmer angekommen, zerrte er das Männchen aus dem Schlitten, riss ihm mit einem Ruck das bunte Papier vom Körper und stopfte sich die ganze Schokoladenfigur mit einem Mal in den Mund. Dann warf er den kleinen Schlitten auf den Boden und trat mit dem Schuhabsatz darauf. Einmal... zweimal... immer wieder.

Als die Frau und der Mann in das Zimmer des Jungen traten, schlief er schon fest. Schokoladenkrümel, vermischt mit salzigen Tränen, hatten schmutzige Spuren in das kleine, verquollene Gesicht gezeichnet. Die zusammengeballten Fäuste hielten Fetzen von Glanzpapier umkrampft, und vor dem Bett klebten unter den weggeschleuderten Schuhen die Reste des winzigen Schlittens.

Sie sahen sich nicht an, die Frau und der Mann, als sie das Kinderzimmer verließen. Sie wussten beide, dass sie die Antwort auf die Frage nach der Schuld in den Augen des Andern lesen würden. Doch als er seinen Arm um die Schultern der Frau legte, war es wie eine stumme Bitte um Verzeihung.

Irene Pätz

Nicht ohne Anna

Er trat ans Fenster und sah hinaus. Die herabsinkende Dämmerung verwischte die Umrisse der gegenüberliegenden Häuser, und deutlich sah er im Schein der sanft schaukelnden Straßenlaternen, wie sich zögernd einzelne Schneeflocken aus dem blaugrauen Himmel lösten. Anna... stundenlang hatte sie so am

96

Fenster gestanden, aufgeregt wie ein Kind, mit vor Freude geröteten Wangen, ohne sich sattsehen zu können an dem wirbelnden Flockentanz.

Anna...

Der alte Mann ging an das Fernsehgerät und seufzte tief auf. Abwesend drückte er nacheinander auf die Knöpfe der Fernbedienung. Ein Schatten glitt über sein Gesicht, als in schneller Reihenfolge jubelnde Kinderstimmen und feierliches Glockengeläut sein Ohr trafen. Er schlurfte in die Küche. Er war hungrig und mochte doch nichts essen. Nein, er fand sich einfach nicht zurecht ohne Anna. Immer hatte sie für alles gesorgt. Nie hatte er sich um solche Dinge zu kümmern brauchen. Aber Anna war nicht mehr da. Es gab sie nicht mehr. Sie hatte ihn verlassen, ganz plötzlich. Von einer Sekunde zur anderen hatte ihr Herz zu schlagen aufgehört.

Wieder seufzte er tief auf. Ihm war kalt. Mit einer Tasse aufgewärmten Kaffee kehrte er in die Stube zurück. Er hatte sich vorgenommen, so zu tun, als sei dieser Tag ein Tag wie jeder andere. Kein geschmückter Baum, keine brennenden Kerzen, kein duftender Festtagsbraten. Nein, er wollte das alles nicht. Nicht ohne Anna.

Auf einmal war ihm, als hörte er Stimmen draußen an der Tür. Er lauschte. Nichts. Er musste sich geirrt haben. Bestimmt hatte er sich geirrt. Zu ihm kam keiner. Er hatte alle Einladungen brüsk abgeschlagen. Und er dachte, dass die anderen sicherlich froh waren darüber. Sollten sie sich ruhig alle freuen, sich beschenken und fröhlich feiern. Für ihn - da war das alles vorbei.

Und dann klingelte es. Verwundert lauschte er und schüttelte den Kopf. Nein, dieses Mal war es kein Irrtum! Mit zögernden, schleppenden Schritten ging er an die Tür und öffnete.

Da standen sie. Das Licht war nur spärlich, und er kniff die Augen zusammen, um sie richtig erkennen zu können: die Nachbarn, das Ehepaar von oben mit den beiden

97

Kindern, der lange Hauswart mit seiner rundlichen Ehehälfte und auch der dunkelhäutige Untermieter aus der Mansardenwohnung. Er starrte sie wortlos an. Er begriff nicht, und er bemerkte kaum, dass die resolute Hauswartsfrau ihn sacht beiseite schob und mit einem Blick in die dunklen Räume sagte:"... dacht' ich mir's doch..."

Nein, er begriff es nicht, dass die ganze Wohnung mit einem Mal erfüllt war von fröhlichen Stimmen, von verhaltenem Lachen, ganz einfach erfüllt war von menschlicher Wärme. Er hörte die Frauen in der Küche hantieren, hörte, wie der Wasserkessel gefüllt und auf den Herd gestellt wurde. "Grog für die Männer... Kaffee für die Frauen..." hörte er sie sagen.

Die Männer zogen ihn in die Stube. Ein kleines, im Topf gewachsenes Tannen-bäumchen stand da auf einmal auf dem kleinen Couchtisch, und mit vor Eifer geröteten Gesichtern hängten die Kinder Lametta und glitzernde Kugeln hinein.

Er konnte das alles nicht begreifen. Er sagte noch immer kein Wort. Er wusste selbst nicht, was es war, was ihm den Mund verschloss. Er fühlte nur, wie ein unaussprechliches Gefühl von Wärme ganz langsam, aber unaufhaltsam in ihm emporkroch...

Irene Pätz

Nie wieder Skisocken

"... nein, Mutter, ich brauche keine in diesem Jahr, und nächstes Jahr auch nicht. Vielleicht brauche ich sie überhaupt nie mehr."

Schweigend sah die alte Frau ihren Sohn über die Brille hinweg an. Wie bitter er geworden war! Sie konnte den Jungen so gut verstehen. Fast ein Jahr war er nun schon ohne Arbeit. Er lief sich die Schuhsohlen ab und schrieb sich die Finger wund. Immer und immer wieder. Aber es

98

kamen nur Absagen. Sie seufzte tief auf. Ja, er hatte immer viel gearbeitet, aber die Vorfreude auf den Winterurlaub, auf diese wenigen herrlichen Ferientage mit der Frau und den beiden Kindern, sie hatten ihn stets durch das ganze Arbeitsjahr hindurch begleitet. Und wie hatte er sich immer gefreut, wenn sie ihm am Weihnachtsabend die selbstgestrickten, dicken Skisocken unter dem Baum legte. Ganz überrascht hatte er dann getan, jedesmal, obwohl er genau wusste, dass es jedes Jahr dasselbe war und dass sie ihm sonst von ihrer mehr als schmalen Rente nichts anderes schenken konnte.

Dieses eine Jahr ohne Arbeit und Verdienst, es hatte ihn verbittert gemacht und ungerecht, besonders zu denen, die ihm am nächsten standen. Wieder seufzte sie auf und sah ihm dann traurig nach, wie er mit langsamen, fast schleppenden Schritten ihre kleine Wohnung verließ...

Er saß auf der steinernen Bank vor dem großen Kaufhaus und spürte nicht die Kälte, die langsam durch die Kleidung kroch. Nur im Unterbewusstsein nahm er die Melodien des kleinen Karussells wahr, das sich unaufhörlich drehte. Er hörte nicht die Freudenschreie der Kinder. Und er sah sie nicht, die zahlreichen weihnachtlich geschmückten Verkaufsstände, aus denen die altbekannten Lieder und die lauten Stimmen der Verkäufer drangen...

Die Faust in der Manteltasche umkrampfte das Bündel Briefe, das er beim Fortgehen aus dem Briefkasten daheim gezogen hatte. Er war nicht mehr neugierig. Er kannte sie nur zu gut, diese nichtssagenden Vordrucke: "... tut uns leid, Ihnen einen abschlägigen Bescheid geben zu müssen..."

Er spürte sie nicht, die Kälte, die von den Füßen her langsam nach oben kroch. Sie kam aus ihm selbst, und sie tötete allmählich alles, die Freude, ja sogar die Liebe, und sie tötete auch die Neugier. Er ließ das Bündel Briefe in den Abfallkorb gleiten, der neben ihm an der Bank stand.

Er konnte später nicht sagen, was ihn veranlasst haben mochte, den einen länglichen Umschlag, den der übervolle Behälter fast widerwillig wieder ausspuckte, zu glätten und zu öffnen. Und er konnte es nicht begreifen, als er immer wieder die Worte las: "... die freigewordene Stelle ist daher neu zu besetzen. Bitte melden Sie sich zur baldigen Vorstellung nach telefonischer Vereinbarung bei..."

Nein, er konnte es einfach nicht begreifen.

Und auch die alte Frau nicht, als sie die Stimme ihres Jungen hörte am Telefon: "... du kannst sie stricken, Mutter, die Skisocken, du kannst sie stricken." Und immer wieder nur das eine konnte er sagen.

Irene Pätz

Sie fuhren erster Klasse

Der Mann saß allein im Abteil. Er freute sich, endlich zur Ruhe zu kommen nach den stundenlangen, ermüdenden Besprechungen, von denen so viel abhing. Er schloss die Augen. Das unaufdringliche Rauschen des Zuges, die weichen Polster, das alles ließ allmählich die Anspannung der letzten Stunden von ihm abfallen.

Und dann dachte er daran, dass er in wenigen Stunden zu Hause sitzen würde, bei seiner Familie. Seltsam, alles war so nah, so unmittelbar bevorstehend, und doch so weit weg. Und heute war Weihnachten! Wieder ein Jahr vorbei! Er versank in Gedanken, und dazwischen schoben sich immer wieder Zahlen und Bilanzen, Erinnerungen an schwierige Verhandlungen mit gewiegten Geschäftspartnern...

Und dann betrat jemand in das Abteil. Er setzte sich ihm gegenüber. Ein junger Mann war es mit dunkler Brille und langen Haaren. Er hatte ein flüchtiges "Hallo" gemurmelt, sich dann hingesetzt, ein Buch hervorgeholt und sich darin vertieft. Er hatte gar nicht darauf geantwortet. Er fühlte sich nur auf ärgerliche Weise gestört. Er mochte diese Art Jungen nicht. Fast alle waren sie entweder mürrisch oder mundfaul oder aber laut und aufdringlich, wussten immer alles besser und waren überhaupt gegen alles und jedes, was er und seine Generation so mühsam aufgebaut hatten. Nein, er mochte sie ganz und gar nicht, aber sie schienen sich auch nichts daraus zu machen.

Später zog er den Fenstervorhang beiseite. Draußen wurde es schnell dunkel, eine in fahles Dämmerlicht getauchte Landschaft strich vorbei. Alles war verschneit, nur hin und wieder tauchte ein schwaches Licht auf.

"... fünfzehn Prozent Gewinnanteil... nicht schlecht..." dachte er, "... ob Hilde sich wohl zu der Pelzstola freuen wird... zum Sonderpreis... na, die verdienen immer noch genug daran... wahrscheinlich wird es wieder gefüllte Gans geben heute Abend... dabei kann ich die eigentlich gar nicht mehr vertragen...wenn Martens noch mitmacht bei dem Geschäft, kommen wir vielleicht noch auf zwanzig Prozent... hoffentlich kommt nicht wieder so viel Besuch über die Festtage... überhaupt, Weihnachten, was ist das eigentlich noch heutzutage..."

Weichen, Kreuzungen ließen die Räder sanft stoßen. Der Zug wurde langsamer, lief allmählich aus. Draußen flammten Lichter auf. Stimmen, Ausrufe wurden laut. Dann das Schlagen von Zugtüren.

Der Zug fuhr langsam wieder an.

Die Abteiltür wurde aufgeschoben. Eine Frau kam herein, auf dem Arm trug sie ein kleines Kind, in der Hand eine schwere Reisetasche, hinter ihr klammerten sich zwei weitere Kinder, ein Mädchen und ein Junge, an sie. Die Frau sah sich unsicher um. Bis auf die beiden Fensterplätze, die der Student und der ältere Herr einnahmen, war das Abteil frei.

101

"Guten Abend", sagte die Frau leise.

Der Mann erwiderte den Gruß, und er hoffte, dass er nicht allzu ärgerlich klang. Kinder im Abteil... auch das noch! Am besten, man kümmerte sich gar nicht darum!

Die Frau setzte sich dann, den Kleinsten auf dem Schoß. Die beiden anderen standen noch eine ganze Weile herum, bis auch sie sich, eng aneinandergerückt, dicht neben die Tür setzten.

Plötzlich stand der Student auf, ergriff die Tasche der Frau, die noch immer zu ihren Füßen stand, und beförderte sie mit einem kräftigen Schwung ins Gepäcknetz. Dann sagte er zu den beiden Kindern: "... kommt, setzt Euch hier ans Fenster auf meinen Platz, da könnt Ihr rausgucken."

Die Frau sah ihn dankbar lächelnd an. "... das ist aber nett von Ihnen, vielen Dank."

Der Mann lehnte sich aufseufzend in seine Ecke zurück. Wieder stiegen Zahlen-kolonnen vor seinen Augen auf. Er erwog gerade, die betreffenden Unterlagen zur nochmaligen Überprüfung hervorzuholen, als plötzlich das Mädchen von seinem Sitz aufstand, sich zwischen seine Knie zwängte und ihn vertrauensvoll ansah.

"Onkel, weißt Du, ob das Christkind schon überall gewesen ist?"

Mehr verdutzt als ärgerlich sah er sie an, und um den Mund des Studenten zuckte es, ironisch und belustigt zugleich. Die Mutter zog das Kind erschrocken zurück.

"... entschuldigen Sie bitte", sagte sie mit einem scheuen Lächeln, "aber es ist das erste Mal, dass die Kinder mit dem Zug fahren... wissen Sie, mein Bruder hat uns eingeladen, die Feiertage bei ihm zu verbringen, weil wir jetzt so allein sind, nachdem mein Mann den Unfall hatte. Er hat uns die Fahrkarten geschickt. Erster Klasse... damit wir es auch ganz bequem haben, hat er noch geschrieben..." dann schwieg sie plötzlich, fast erschrocken über ihren eigenen Redefluss.

102

Es herrschte eine Weile Stille. Nur ab und zu tuschelten die Kinder miteinander. "Nicht wahr, Mutti", dieses Mal war es der Junge, "nicht wahr, beim Onkel Walter schneit es doch auch?!"
Der Student klappte resigniert sein Buch zu, während der Mann in der Ecke sich seufzend aufrichtete.
Jetzt lächelte die Frau. "Sicher ...oh, da gibt es noch viel mehr Schnee als bei uns", und mit fast übermütiger Stimme wandte sie sich an die beiden Männer: "Sie müssen wissen, mein Bruder ist Förster, und sein Häuschen liegt mitten im Wald... und die Kinder, sie waren noch nie in einem richtigen Wald."
Der ältere Mann nickte. "... in einem richtigen Wald..." hörte er sich da auf einmal sagen, "auch mein Vater war Förster, und auch ich bin im Wald sozusagen aufgewachsen. Ich kannte jeden Baum dort, jeden Strauch. Und einmal, an einem Weihnachten, ich erinnere mich genau, da waren wir eingeschneit, total eingeschneit... wochenlang, keiner kam zu uns heraus." Er lachte laut auf. "Nicht einmal in die Schule konnten wir. Mein Gott, war das eine herrliche Zeit..."
Sie sahen ihn erstaunt an, die Frau, der Student. Und die Augen der Kinder glänzten. Er aber erzählte nun und erzählte - und alle hörten ihm zu. Die Zeit verging wie im Fluge, und der Zug brauste in die Nacht hinein. Und während er erzählte, dachte er nicht ein einziges Mal mehr an Vertragsabschlüsse und Dividende...
In Steinheim stiegen sie alle aus. Auch hier stand, wie überall, ein hoher Weihnachts-baum auf dem Bahnsteig. Die Station war fast menschenleer um diese Zeit.
Die Frau hatte jetzt an jeder Hand ein Kind, der ältere Mann trug das schlafende Kleinste auf dem Arm und der Student schleppte die schwere Tasche der Frau. An der Sperre stand ein Mann in einer derben Joppe und winkte ihnen zu.

103

"... da ist Onkel Walter." Die Frau nahm mit ein paar eiligen Dankesworten das Kleinste an sich, während die Kinder auf den winkenden Mann zuliefen. Aber alle drehten sich an der Sperre noch einmal um und winkten zurück, als nähmen sie Abschied von etwas Vertrautem...
Der Mann aber wandte sich an den Studenten, und aus seinem Lächeln war jegliche Fremdheit verschwunden.
"Na, wie ist es, junger Mann. Sie wollen doch sicher in die Stadt? Kommen Sie, draußen steht mein Wagen. Ich nehme Sie gern ein Stückchen mit, wenn Sie wollen..."
Helmut Pätz

„Angenehme Feiertage noch..."

Der Mann stand am Fenster und starrte hinaus. Die Dunkelheit brach herein. Der Wetterdienst hatte Schnee angesagt, und er machte sich Sorgen wegen des Jungen.
Gegen Mittag hatte er hier sein wollen. Es war eine lange Fahrt, und überall gab es Staus. Unbeweglich stand der Mann und sah hinaus auf den nahen Wald und auf die Straße, die sich daran vorbeischlängelte auf das Haus zu.
Die Frau ging zurück in die Küche. Seit Stunden schon hatten sie nichts gehört von den Leuten nebenan. Keinen Laut, - nicht einmal das Klappen einer Tür.
Heute Nachmittag waren sie angekommen. Wenzel von der Gemeindevertretung hatte sie mit dem Wagen hochgebracht. "... sind von drüben, Aussiedler..." Und da standen sie, Mann und Frau unbestimmten Alters, unscheinbar, unwirklich grau, er in jeder Hand einen verschnürten Koffer, sie eine Handtasche an der einen, an der anderen ein Kind, ein kleines Mädchen. "... wir wissen sonst nicht, wohin mit ihnen. Sie müssen erst mal hier bei Euch bleiben. Die kleine Nebenwohnung steht ja schon lange Zeit leer. Naja, wir haben das alles doch schon mal besprochen. Nächste Woche werden wir

weitersehen... Also, bis dann und angenehme Feiertage noch..." Und damit verabschiedete er sich rasch.

Die Frau trat neben den Mann. Der Tisch war festlich gedeckt, seit Stunden schon.

"Nebenan ist kein Strom", sagte sie, "den haben sie schon vor Monaten abgestellt... und zum Heizen ist auch nichts da."

Der Mann antwortete nicht.

"Sie haben ein Kind bei sich."

"Ja", sagte er nur. Aber sie hatte das Gefühl, als ob er ihr gar nicht zugehörte.

Sie ging hinaus. In dem kleinen Treppenhaus war es dunkel. Nur aus der eigenen Wohnung fiel schwaches Licht heraus. Plötzlich öffnete sich die Tür nebenan, ganz behutsam erst einen Spalt breit, dann etwas weiter, und das Gesicht des kleinen Mädchens zwängte sich hindurch, mit großen, dunklen Augen, die voller Fragen waren. Wie unter einem inneren Zwang trat die Frau näher und legte die Hand auf den Kopf des Mädchens. Dann schob sie die Tür vorsichtig weiter auf, und der schwache Lichtschein drang ins Innere der anderen Wohnung. Auf dem Flur sah sie zwei Gestalten hocken, den Mann und die Frau, eng aneinandergeschmiegt. Sie hatten die Mäntel anbehalten und eine Wolldecke um sich gelegt. Die Taschen und Koffer standen neben ihnen, ungeöffnet. Sie saßen da, wie aus der Kälte gekommen und in ihr verblieben.

Es gab keine Möbel in dieser Wohnung. Die vorherigen Mieter hatten sie bei ihrem Auszug mitgenommen. Jetzt erhob sich die Frau schwerfällig, als sie jemanden in der Türöffnung stehen sah. Der Mann schlief fest.

"Ich bringen Ihnen eine Tasse heißen Kaffee." Mehr wusste sie nicht zu sagen. Die andere nickte mit unbewegtem Gesicht. Ob sie überhaupt verstanden hatte? Sicher sprach sie eine fremde Sprache. Wenzel hatte nicht

105

gesagt, woher sie kamen. Vielleicht wusste er es selbst nicht.

"Ich hole Ihnen gleich mal was zum Heizen." Die Frau wies auf einen Kachelofen in der hinteren Ecke des Zimmers. "Er heizt noch gut. Und wenn es dann ein wenig warm geworden ist, packen sie vielleicht Ihre Sachen aus." Die andere nickte stumm, also schien sie zu verstehen. Wie überhaupt die Starre ihres Körpers sich zu lockern schien.

Die Frau schluckte. "... und dann nachher, dann kommen Sie vielleicht alle drei rüber zu uns..." Sie hatte eigentlich gar nicht vorgehabt, das zu sagen, aber irgend etwas Unerklärliches trieb sie dazu. "... wir warten nur noch auf unseren Sohn", fügte sie noch hinzu, ehe sie ging.

Sie hatte es dem Mann erzählt, und er hatte nur geistesabwesend genickt. Er war wieder ans Fenster getreten und seine Finger trommelten gegen die Scheibe. Plötzlich tauchten Scheinwerferlichter aus dem Dunkel des Waldes auf, kamen näher... Der Mann drehte sich um.

"Er ist da..." Seine Stimme zitterte. "Der Junge ist da." Und nach einer Weile "... was sagtest Du da vorhin? Ach, so, die Leute von nebenan. Gehe doch gleich mal und hole sie zu uns rüber."

Helmut Pätz

Empfänger unbekannt

Es war schon dunkel, als er nach Haus kam. Ein kalter Wind strich durch die Straße. Er hatte den Mantelkragen hochgeschlagen und sah weder nach rechts noch nach links. Kein Mensch begegnete ihm.

Als er die Haustür hinter sich schloss, war es so wie immer. Im Treppenhaus roch es nach muffigem Keller, nach altem Linoleum und frischem Bohnerwachs. Die Beleuchtung war trübe, und die Stufen knarrten unter seinen Füßen. Es war eigentlich wie immer... oder doch nicht ganz. Es war stiller als sonst. Die meisten Bewohner waren nicht zu Hause an diesem Abend. Sie mochten wohl bei Verwandten, Freunden oder sonst irgendwo sein. Nur die Nachbarin war da, das wusste er zufällig.

Er schloss die Wohnungstür auf. Es war kalt und still in den Räumen wie immer. Seit er allein war, gab es keine Veränderungen mehr. So wie er morgens die Wohnung verließ, fand er sie abends wieder vor.

Es roch muffig. Er stieß das Fenster weit auf und drehte die Heizung auf. Es knackte in den Rohren. Dann ging er in die Küche und setzte das Kaffeewasser auf.

Heute hatte er eigentlich seinen dienstfreien Tag. Aber er hatte einen Kollegen vertreten. Es machte ihm nichts aus. Er hatte ja niemanden, der auf ihn wartete. Der andere wollte mit seiner Familie zum Skifahren. "Weihnachten in den Bergen..." Er verstand nicht, wie man Weihnachten zum Skilaufen fahren konnte. Aber was soll's. Die einen liefen eben Ski, die anderen besuchten ihre Eltern oder ihre Kinder. Andere wieder gingen zur Messe an diesem Tag, was sie sonst das ganze Jahr über nicht taten. Ihn störte das alles nicht mehr. Weihnachten, - das war nichts Besonderes mehr für ihn - früher, da war das alles ganz anders gewesen.

Als das Wasser kochte, klingelte es bei ihm. Es war die Nachbarin. Sie hielt ein kleines Paket in der Hand. Das sei heute Vormittag für ihn gekommen. Der Postbote habe es gebracht.

Er nickte nur dankend, und sie sagte noch:" Fröhliche Weihnachten", aber er antwortete nicht.

Er setzte sich an den Tisch und betrachtete das Paket von allen Seiten.

Das Packpapier war durchgeweicht und wurde nur noch durch den starken Bindfaden zusammengehalten. Nachdenklich und ein wenig ratlos machte er es auf.

107

Verwundert stellte er selbst fest, wie behutsam er dabei verfuhr.

Das Paket musste schon lange unterwegs gewesen sein. Ein Tannenzweig fiel ihm entgegen, fast kahl. Seine Nadeln hatten sich im Innern des Kartons verteilt. Aber so deutlich, wie er es noch nie wahrgenommen hatte, war er da - jener unbeschreibliche Duft nach Tannen, nach Kinderseligkeit und -träumen. Er saß unbeweglich da. Mein Gott, er hatte doch noch nicht vergessen, wie das alles einmal war. Das ganze Zimmer schien von Tannenduft erfüllt, und er versank in Erinnerungen.

Das Päckchen war nicht für ihn gewesen. Eine Verwechslung offenbar. Absender und genaue Adresse waren nicht mehr zu entziffern. Der Inhalt: ein paar Lebkuchen, ein paar verschrumpelte Äpfel, dazwischen einige glitzernde Lamettafäden.

Plötzlich merkte er, dass er den Zweig immer noch in der Hand hielt. Behutsam legte er ihn wieder auf den Tisch.

Dann ging er in die Küche und holte den Kaffee. Das Knacken in der Heizung hatte aufgehört, und es wurde gemütlich warm im Zimmer.

Als er das Fenster schließen wollte, fühlte er, kaum wahrnehmbar, die ersten Schneeflocken auf der Hand. Sie zerflossen sofort wieder - aber er lächelte...

Helmut Pätz

Sie kam in die Stadt

Während sie wartete, schaute sie sich um. Das Büro war klein, aber hell und freundlich, und über dem Schreibtisch hing ein großer, buntbebilderter Wandkalender.

"... in drei Wochen ist Weihnachten", dachte die Frau, aber in ihr war keine Freude. Sie war müde, und auf einmal spürte sie, dass sie seit heute Morgen noch nichts gegessen hatte. Sie war anstrengend gewesen, die lange

Bahnfahrt. Diese große Stadt mit den vielen Straßen! Und dann hatte sie immer wieder die Worte von Mutter Christine im Ohr, Worte, die sie mit lähmendem Entsetzen erfüllt hatten, und die der eigentliche Grund waren, weshalb sie hier war. Mutter Christine war eine belesene Person. Immer lagen eine Menge Zeitschriften und Lesehefte bei ihr herum, und sie wusste einfach über jeden und alles Bescheid. "...Kindchen, du hast ja keine Ahnung, was da so alles passiert in der Welt... dein Junge ist schließlich nur alle vierzehn Tage bei dir zu Hause... sonst lebt er in der großen Stadt allein.... mein Gott, was da alles passieren kann... hier, wart' mal, da hab' ich doch was gelesen neulich..." Sie wühlte in einem Haufen zerlesener Magazine. "Hier... hier habe ich's... na, bitte... Lehrling nahm heimlich Rauschgift... ahnungslose Eltern entdeckten ihn nach drei Monaten in einem Obdach-losenasyl... oder hier... Achtzehnjähriger nahm sich mit Schlaftabletten das Leben... seine Freunde, mit denen er in einer Kommune zusammenlebte, fanden ihn tot auf..."
Da hatte eine dunkle, unbestimmbare Angst von ihr Besitz ergriffen.
"... denk' an den Jungen vom alten Huber. Erst voriges Jahr ist er in die Stadt gegangen - und wie verwahrlost und heruntergekommen ist er zurückgekehrt!"
Doch da hatte sie aufbegehrt: "... nein, nein... der Huber-Junge war schon als Kind so ein Raufbold. Mit dem konnte keiner fertig werden. Nicht der Lehrer, nicht der Herr Pfarrer und schon gar nicht der alte Huber selber..."
Nein, mit dem könnte sie doch ihren Jungen nicht vergleichen. Ihr Junge! Immer hatte er ihr zur Seite gestanden, all die vielen Jahre, die sie nun schon allein waren. Und es war ja vor allem ihr eigener Wunsch gewesen, dass er in die Stadt ging in die Lehre, weil er ein ebenso tüchtiger Tischler werden sollte, wie es sein Vater gewesen war.

109

Sie blickte aus dem Fenster. Ja, der Junge war immer mit allem zufrieden gewesen, zufrieden mit der Arbeitsstelle hier, mit dem Meister und mit dem Lehrlingsheim, in dem er wohnte.

Aber wieder kamen ihr Zweifel.

War er wirklich immer so zufrieden? In der letzten Zeit wirkte er oft so müde, so abwesend. Und das letzte Mal hatte er sogar geschrieben, dass er über Wochenende nicht nach Hause kommen könne, da sie so viel zu tun hätten - jetzt vor Weihnachten...

Und wenn das nur Ausflüchte waren?

Ihre Finger krampften sich um die Tasche auf ihren Schoß, als sie plötzlich schwere Schritte hörte und der Meister neben ihr stand.

"Nanu? Was führt Sie denn zu uns in die Stadt? Noch schnell ein paar Weihnachts-einkäufe machen?... Freut mich, dass Sie mal hereinschauen... Ihr Junge, der ist leider nicht da. Er ist momentan draußen auf einer Baustelle. Ich kriege ihn selbst fast nicht mehr zu sehen. Nur abends kommt er immer herein. Ich hab' ihm erlaubt, dann die Werkstatt zu benutzen. Ja, er ist ein ordentlicher Junge... kommen Sie, ich will Ihnen was zeigen."

Er hakte die Frau unter und zog sie mit sich über den Hof in ein kleines, abseits gelegenes Gebäude. "Sehen Sie, hier arbeitet er fast jeden Abend. Schon mehrere Wochen."

Sie sagte nichts. Sie stand nur da und sagte nichts. In der Ecke hing an einem Nagel die verwaschene Arbeitsjacke, die sie schon so viele Male geflickt hatte, und daneben, gleich daneben stand ein Schrank, ein wunderschöner Schrank. Ihr Schrank! Sie wusste es sofort. Wie oft hatte sie ihn ihrem Jungen beschrieben, diesen Schrank, den sie sich immer gewünscht hatte für die Wohnstube. Ja, für sie hatte er ihn gearbeitet! Und es fehlte nichts. Nicht die geschwungenen Leisten in den Türen, nicht das Glas,

110

hinter dem einmal das gute Porzellan stehen sollte, und nicht die schweren gedrechselten Füße.

Das alles dachte sie, aber immer noch kam kein einziges Wort über ihre Lippen.

"Nun?" Der Meister schien fast ein wenig enttäuscht. "Was sagen Sie dazu? Hat er das nicht großartig gemacht? Das wird sein Gesellenstück. Hat er Ihnen denn nie etwas davon erzählt?" Und beinahe erschrocken hielt er inne. "Ach, du meine Güte, vielleicht sollte es eine Überraschung sein... nicht wahr, Sie werden ihm doch nichts sagen...?"

Die Frau schüttelte langsam den Kopf. Sie konnte immer noch nichts sagen, aber eine unaussprechliche Freude kroch in ihr hoch.

"Nein, natürlich nicht, und er darf auch nie erfahren, dass ich hier war."

Draußen hatte es angefangen zu schneien. Hatte sie eigentlich gemerkt, dass sie mit einer fast übermütigen Bewegung die glitzernden Flocken aus ihrem Gesicht gewischt hatte?

Irene Pätz

Und sie kamen alle

Es war ein grauer, trüber Regentag in der Vorweihnachtszeit. Der Wind trieb dicke, schwere Wolken vor sich her, und eine unangenehme Feuchtigkeit drang in Zeug und Gemüt.

Und da kam mir plötzlich der Gedanke...

Ich machte mir Notizen auf einem Zettel, durchstöberte das Telefonregister und griff entschlossen zum Hörer. Und dann meldeten sich auch schon die vertrauten Stimmen. Tante Martha, deren einziger Sohn zur See fuhr und der sich nur alle paar Monate kurz sehen ließ, Cousine Doris, die ein zwar sorgenfreies, aber doch recht einsames Leben führte, die zwei netten alten Damen, die früher unter mir gewohnt hatten, und schließlich Gerda, meine alte Schulfreundin, verwitwet jetzt und alleinstehend.

Ich lud sie alle ein - alle. Zu einem gemütlichen Nachmittagsplausch, mitten in der Woche. Zu einem Advents-Kaffee sozusagen. Und zuerst etwas verwundert, dann doch sichtlich erfreut, sagten sie alle zu.

Die Vorbereitungen dann machten mir unsagbar viel Spaß. Sogar ein uraltes Rezept für Lebkuchen hatte ich noch gefunden, so wie sie Tante Martha früher, als wir noch Kinder waren, immer gebacken hatte. Ob sie sich selbst noch daran erinnern würde? In alle Räume stellte sich große Vasen voller Tannenzweige, auf alle Schränke und Kommoden verteilte ich Leuchter mit dicken, roten Kerzen, den Kaffeetisch schmückte ich mit Silberbändern und auf jedes Gedeck plazierte ich ein golden-schimmerndes Rauschengelchen aus Schokolade. Der alte Kachelofen verbreitete wohlige Wärme, und herrlicher Kaffeeduft durchzog das ganze Haus. Und als ob sich der Himmel mit mir einig war, begann auch noch der Regen in Schnee überzugehen und bestäubte die große Tanne vor dem großen Wohnzimmerfenster...

Und sie kamen alle. Ein klein wenig wie die Kinder waren sie, etwas befangen zuerst und doch mit einem Anhauch erwartungsvoller Vorfreude.

Es wurde ein wunderschöner Nachmittag. Erinnerungen, eingeleitet mit einem lebhaften "Weißt du noch?" und "Kannst Du Dich daran noch erinnern?" wurden ausgetauscht, beredet und belacht. Sogar meine beiden Großen steckten ihre Köpfe durch die Tür, erboten sich, den CD-Player mit weihnachtlichen Liedern zu bedienen, und die Damen nach einem genüßlichen Likörchen im Auto nach Hause zu bringen.

Ja, es waren wirklich, im wahrsten Sinne des Wortes "wunderbare" Stunden, wärmstens zur Nachahmung empfohlen! Kennen wir doch sicherlich alle einige

einsame Menschen um uns herum, für die so ein erlebter Nachmittag mehr wert sein kann als das teuerste, gekaufte Geschenk. Und die Freude, die man ihnen bereitet, ist der größte Dank, den man erfährt...
Irene Pätz

Von Mensch zu Mensch

Ich ließ sie hinter mir zurück, die Stadt, mit ihren gleißenden Lichtern und den hellerleuchteten Schaufenstern, den vielen hastenden Menschen, drängelnden Kindern, ungeduldigen Vätern und gereizten Müttern. Ich ließ sie hinter mir, die breiten und doch noch zu schmalen gepflasterten Straßen, in denen unzählige Autoreifen den Schneematsch aufspritzen ließen, und ich ließ sie hinter mir, die vielen, bunten Lichterketten, die uns alle hineinlockten in diesen Trubel, Jahr für Jahr...
Ich war müde, abgespannt, aber ich ging nicht nach Hause.
Irgend etwas Unbestimmbares zwang mich, das alles hinter mir zu lassen, für heute jedenfalls, hinauszuschreiten auf einsamer werdenden Straßen, da, wo der Schnee noch unberührt lag, höchstens zerfurcht von den Kufen eines Kinderschlittens. Ja, es drängte mich, hier weiterzugehen, hier, wo sich dann zu beiden Seiten die Felder dehnten, weit und weiß, bis hinan an den dunklen Horizont, wo man den schwarzen Wald erahnte und wo jeder Laut erstarb.
Befreit atmete ich auf, und wie von etwas Unerklärlichem angezogen, fand ich mich auf einmal vor einem alten, grauen Haus. Aus der weit geöffneten Tür fiel gedämpftes, rötlich flackerndes Licht. Von weitem schon hatte ich es gehört, dieses gleichmäßige, metallische Klingen...
Ich trat näher, und ich sah einen alten Mann mit einer zerschlissenen Lederschürze, gebeugt und grau wie das

alte Haus selbst. Er stand neben dem Schmiedefeuer am Amboss, in der linken Hand die Schmiedezange mit dem dunkelrot glühenden Hufeisen, in der rechten den Hammer.

Nicht zu schwach, nicht zu stark schwang er ihn, gerade recht so, dachte ich, und er traf das glühende Eisen, dass die Funken nur so sprühten. Es klang in den stillen Abend hinaus, und dann zischte die Glut in einen Kübel kalten Wassers.

Er hielt es hoch, prüfte es im Schein des flackernden Feuers, das Schatten warf, wie tanzende Kobolde an den grauen Wänden, an den schwarzen Balken der niedrigen verräucherten Decke, - und er schien zufrieden.

Dann wandte er sich um. Er hatte meine Anwesenheit gespürt.

"Kommen Sie nur herein", rief er fast fröhlich, und er trat noch einmal auf den Blasebalg, dass das Holzkohlefeuer hell aufsprühte. "... ich wollte nur einmal sehen, ob es mir noch gelingt... früher kamen sie täglich mit ihren Pferden zu mir, die Bauern aus der Umgebung... heut' ist es vielleicht noch mal einer im Monat... sie haben jetzt ja alle Traktoren, leblose Dinger, die nach Öl stinken."

Auch auf sein Gesicht fiel der rötliche Flammenschein, und fast kam er mir vor wie ein Wesen aus längst vergangener Zeit.

"... Hier, nehmen Sie es, ich schenke es Ihnen, Sie wissen doch, man sagt, es bringt Glück…"

Es war noch warm, als ich es in meine Hände nahm.

Dieses Glücksgefühl war noch in mir, als ich in die Stadt zurückging. Ich hielt das Hufeisen in der Manteltasche mit der Hand fest umschlossen, und ich wusste mich reich beschenkt. Ein Geschenk von Mensch zu Mensch war es gewesen, eine spontane Geste, die man nicht mit Geld erkaufen konnte. Und ich wusste, dass ich ihn nie vergessen würde, den alten Mann am flackernden Feuer

und dass ich immer wieder an ihn denken würde, und nicht nur jetzt, da das Jahr wechselt zum nächsten...
Helmut Pätz

Er blieb einfach da

So ein Pech, dachte er, als er die Straße zurückging. Dabei hatte Gustav seine Kneipe doch sonst immer am Weihnachtsabend geöffnet. Nicht einmal ein Schild hatte er hingehängt - "Wegen Familienangelegenheit geschlossen" - oder so. Einfach zugemacht den Laden. Wahrscheinlich waren seine Tochter und Enkel nun doch noch angereist. Und er als alter Stammgast konnte zusehen, wie er diesen Abend verbrachte.
Hinter den Fenstern flackerten die ersten Kerzen auf. "...mich kriegt man damit nicht mehr weich..." dachte er missmutig. "... die Zeit ist vorbei. Weihnachtsstimmung und Geschenke und so weiter. Seit Anna nicht mehr da ist..."
Da bemerkte er auf einmal den kleinen, grauen Schatten, der ihm folgte. "Du hast mir gerade noch gefehlt", brummte er vor sich hin, während der Hund, dessen verwahrlostes Fell in der Nässe des hereinbrechenden Abends glänzte, unentwegt in seine Fußspuren tappte. Als er mit wild rudernden Armbewegungen versuchte, das Tier zu verscheuchen, blieb es nur kurz stehen, schaute ihn an, schüttelte sich, dass die langen Ohren hin- und herflogen, und setzte seine Verfolgung mit regelmäßigem "Tapp-Tapp" fort.
Als er das Gartentor aufschloss, kam es so dicht an ihn heran, dass es seine Hosenbeine berührte und auf einmal fühlte er an seiner Hand eine warme, rauhe Zunge. Der Mann war einen Augenblick lang verdutzt, dann öffnete er mit einer abwehrenden Geste die Haustür auf. "... wird wohl schon verschwinden, wenn man sich nicht um ihn kümmert", dachte er noch, zog die Tür schnell hinter sich

zu, hängte seinen regenfeuchten Mantel an die Garderobe und setzte sich dann in den bequemen Sessel. Er stellte das Fernsehen an, aber zwischen Weihnachtsansprache und Kinderchorsingen lauschte er immer wieder nach draußen und verspürte eine wachsende Unruhe.

"... eigentlich," dachte er, "... eigentlich habe ich schon immer einen Hund haben wollen. Schon als kleiner Bub..." Aber die Eltern hatten es nicht erlaubt in der engen Stadtwohnung. Später, als er dann mit Anna das Haus gebaut hatte, da war sie es, die es nicht wollte. Und jetzt... aber, wenn er an all die Unbequemlichkeiten dachte, die man mit so einem Tier haben konnte... und der Jüngste war man ja schließlich auch nicht mehr...

Dann hörte er es wieder, das leise Jaulen, die schwachen Kratzgeräusche.

Er ging zur Tür und öffnete sie. Im herausfallenden Schein der Flurlampe sah er in zwei phosphoreszierende Lichter. Der Hund zitterte vor Kälte. Als der Mann einen Augenblick zögerte, drängte er sich an ihm vorbei ins Haus.

Seine Pfoten hinterließen kleine Pfützen, als er durch die Diele tappte, und der Mann schüttelte den Kopf. "... schöne Schweinerei - das fängt ja gut an", dachte er, als er die Spuren aufwischte, und gleichzeitig wurde ihm bewusst, dass er seinen neuen Hausgenossen eigentlich schon akzeptiert hatte.

Als er später das Haus verließ, ging der Hund wie selbstverständlich neben ihm her. Es war sehr kalt geworden, und der Mann streckte prüfend seine Hand aus. Die Regentropfen hatten sich in kleine Eiskristalle verwandelt .

Er beugte sich zu seinem neuen Gefährten herunter und streichelte sein Fell. "... sieh mal," sagte er, "es fängt doch tatsächlich noch an zu schneien. Jetzt ist es doch noch beinahe so wie früher. Komm, ich erzähl' Dir davon..."

Irene Pätz

Er sah ihn zuerst

Unaufhörlich drangen die vertrauten Weisen durch die Verkaufsräume, die sich allmählich zu leeren begannen. "... Süßer die Glocken nie klingen..." Die erschöpfte Verkäuferin am Süßwarenstand sah nicht so aus, als ob ihr der Sinn dieser Worte ins Bewusstsein drang. Verstohlen warf sie einen Blick auf die Uhr. Gottlob, nur noch eine schmale Viertelstunde bis Feierabend!
"... als zu der Weihnachtszeit..." Die Blicke des Mannes in dem pelzgefütterten Ledermantel streiften hastig die abgeräumten Regale mit den Schokoladenfiguren. Schon wollte er sich enttäuscht abwenden, als er ihn ganz hinten in der Ecke entdeckte: einen letzten, schon im Stanniolpapier angestoßenen, aber doch recht respektablen Schokoladen-Weihnachtsmann, und ihm schien er der schönste zu sein, den er je gesehen hatte. Erleichtert wollte er danach greifen, als auch schon eine rauhe, verarbeitete Hand sich besitzergreifend darumlegte. "... ich sah ihn zuerst", der Mann im Ledermantel sagte es ganz ruhig, doch mit befehlsgewohnter Stimme. "... aber ich nahm ihn zuerst", der andere ließ sich nicht einschüchtern, und trotz seiner abgetragenen Joppe und seiner klobigen Stiefeln, unter deren Sohlen schmelzender Schnee eine schmutziggraue Lache bildete, blieb auch seine Stimme fest und ruhig, wenn auch eine winzige Spur von Drohung darin mitklang.
Die stressgeplagte Verkäuferin blickte ungeduldig von einem zum anderen. Um Himmelswillen, das fehlte gerade noch, so ein dummer Streit zwischen Kunden ausgerechnet an ihrem Verkaufsstand. Und das so kurz vor Feierabend! Sie war müde, entsetzlich müde, ihre Füße brannten wie Feuer und ihr Rücken schmerzte. "... gerade als ob Engelein singen wieder von Friede und Freud'..." Die beiden Kontrahenten standen sich noch

117

immer gegenüber. Keiner schien nachgeben zu wollen. "... wenn Sie sich absolut nicht einig werden können, dann teilen Sie ihn sich doch." Die Stimme der Verkäuferin klang jetzt gereizt, ja fast feindselig.

Plötzlich fing einer der beiden Männer an zu lachen, und verhalten erst, dann immer lauter werdend, stimmte der andere mit ein. Kopfschüttelnd sah die Verkäuferin sie an, kopfschüttelnd nahm sie von jedem ein Geldstück entgegen, und immer noch kopfschüttelnd sah sie den beiden so ungleichen Erscheinungen nach, die, immer noch lachend, das Geschäft verließen.

Was sie dann allerdings nicht mehr sehen konnte, das waren zwei Männer, die einträchtig nebeneinander auf der steinernen Bank vor dem Kaufhaus saßen -inmitten einer hastenden, sich drängelnden, stoßenden und mitunter auch verwundert blickender Menschenmenge - und die sich einen Schokoladen-Weihnachtsmann redlich teilten, um ihn dann genüsslich, wie zwei übermütige Buben, zu verzehren. Und ab und zu huschte ein Lächeln über ihre Gesichter, wenn die Kaufhaustüren aufgingen und einzelne Liedfetzen zu ihnen hinauswehten. "... singen, wieder von Friede und Freud..."

Irene Pätz

Er wartete am großen Tor

Nur noch wenige Fahrgäste saßen im Bus. Draußen war es dunkel geworden, und nur vereinzelt tauchten Scheinwerferlichter in der nebelverhangenen Winterlandschaft auf.

Sie hatten die letzten Häuser der Stadt hinter sich gelassen. Der Fahrer des Wagens wusste, dass er die letzten wenigen Haltestellen noch pünktlich erreichen würde, und war in ein gemächlicheres Tempo überge-wechselt. Er fühlte sich krank, aber man hatte keine Vertretung für ihn. Ab und zu erschütterte ein bellender

Husten seinen Körper, und kalter Schweiß perlte auf seiner Stirn. Ausgerechnet jetzt zu den Feiertagen, dachte er ärgerlich, ausgerechnet jetzt, wo ich ein paar freie Tage vor mir habe...

Die Gespräche der wenigen Fahrgäste hinter ihm waren verstummt. Die warme, abgestandene Luft und das monotone Surren des Motors hatte alle in einen schläfrigen Zustand versetzt. Nur die Frau ganz hinten in der letzten Sitzreihe schien hellwach. Sie wirkt irgendwie wie aufgedreht, dachte der Fahrer. Ob sie was getrunken hat? Ihre Augen, sonst matt und verwaschen, glänzten fast unnatürlich. Schon viele Male war sie in seinem Bus mitgefahren - daher kannte er sie. Sie wird wohl zu einem festlichen Abend eingeladen sein, dachte er dann noch. So wie sie heute aussieht mit der hübschen Frisur und dem dezenten Make up…

Erneut schüttelte ihn ein heftiger Hustenanfall.

Der Ärmste - er ist ja so erkältet, dachte die Frau flüchtig. Sie lehnte sich zurück. Heute sollten alle Menschen glücklich sein - so wie sie. Ihr war zumute wie jemandem, der eine lange Durststrecke durchwandert hatte. Endlich vorbei die Jahre der Einsamkeit, der quälenden Sorgen, der durchwachten Nächte! Vorbei die ständige Vorstellung dieses blassen Gesichts vor sich, der nervösen suchenden Hände während der kurzen, von stummer Verzweiflung erfüllten Minuten ihrer regelmäßigen Besuche. Nein... schüttelte sie seine stets sich wiederholenden Fragen ab, nein, es habe ihr nicht viel ausgemacht, alles zu verkaufen, um die Schulden zu decken, - das Auto, den Schmuck, die Pelzmäntel. Nein, das hatte ihr wirklich nichts ausgemacht. Schlimmer, viel schlimmer waren die anderen gewesen, die Nachbarn, die sogenannten guten Freunde, ja, sogar die Verwandten. Aber das hatte sie ihm nicht erzählt. Er hatte genug mit sich selbst zu tun...

119

Ja, dachte der Busfahrer wieder. Die hat's gut. Fährt bestimmt zu einer tollen Party oder so. Manche haben's doch immer besser als die anderen. Und ich hab' noch zwei Touren vor mir! Und das mit dieser Erkältung. Er seufzte und schnäuzte sich laut.

Dann rief er die letzte Station aus. Die Frau stieg hastig aus, ungeduldig fast. Doch dann wandte sie sich noch einmal um. "... gute Besserung!" rief sie, und winkte ihm kurz zu. Wirklich, sie ist so ganz anders als sonst, dachte er nochmals und sah ihr nach.

Der gewohnte Weg - wie oft schon war sie ihn gegangen! Aber heute schritt sie leichtfüßig aus und dachte dabei an zu Hause, an den festlich gedeckten Tisch, an die wenigen, aber liebevoll verpackten kleinen Überraschungen. Ob er sich freuen wird? Gewiss, es war alles anders als früher, alles ein paar Nummern kleiner. Aber überschaubar und geordnet. Ja, sie mussten nun ganz von vorn anfangen, aber sie wusste, dass sie die Kraft dazu hatte. Wenn es sein musste, für ihn mit.

Es war jetzt inzwischen ganz dunkel geworden, aber dennoch erkannte sie sofort die schlanke Gestalt, die sich aus der Unsichtbarkeit löste. Der Mann trug einen Koffer in der Hand und kam mit zögernden Schritten auf sie zu. Knarrend schloß sich das große Gefängnistor hinter ihm.

Die Glocken der umliegenden Kirchen begannen, den Weihnachtsabend einzuläuten...

Irene Pätz

Es war Absicht

"... noch eine Portion...?"

Er schob den leeren Teller beiseite und sah seine Tochter fragend an. Sie schüttelte den Kopf, nahm das vor ihr stehende Glas und leerte es in einem Zug. Dabei musterte sie versonnenen Blickes eine fünfköpfige Familie, die lärmend und lachend an einem Nebentisch Platz genommen hatte.

Sie schwieg, eine ganze Zeit lang, während ihre Finger mechanisch Kreise malten in einer kleinen Pfütze, die ihr Glas mit dem Sprudelwasser auf der Marmorplatte hinterlassen hatte.

"... und wie geht es Mutti?" Unruhig spielten seine Hände mit dem Schlüsselbund.

Sie sah ihn an. "Es geht so. Sie hat oft Rückenschmerzen. Sie kriegt wieder Massagen."

Er nickte. Der Rücken - das alte Leiden. Das hatte sie schon, als sie noch verheiratet waren. Es tat ihm leid, aber noch mehr schmerzte ihn immer noch, dass ihre Ehe nicht mehr funktioniert hatte. Es gab eine ganze Menge von Problemen - unüberbrückbare, wie sie beide meinten. Da war es schon besser, man trennte sich im Guten. Zurück aber blieb ein junger Mensch, der das nicht begreifen wollte oder auch konnte, der einem immer wieder zu verstehen gab, dass man schreckliche Fehler gemacht hatte, Fehler, die man nicht zu korrigieren imstande gewesen war...

Er seufzte und startete dann einen neuen Versuch. "... und was macht die neue Schule? Hast du schon neue Freundinnen gefunden?"

Das Mädchen senkte den Kopf. Lange sagte sie nichts. Dann plötzlich stieß sie zwischen zusammengepressten Lippen hervor: "Wirst du kommen?"

Jetzt schwieg er. Dann schüttelte er den Kopf und holte mit einem verlegenen Lächeln ein mit einem goldenen Band verschnürtes Päckchen aus seiner Aktentasche heraus. Er legte es vor ihr auf den Tisch.

"Hier", sagte er, "das hast du dir doch schon immer gewünscht. Ich habe lange danach gesucht... eine Swatch-Uhr,.. neuestes Design."

Und dann fügte er hastig hinzu,"...nein, ich kann dieses Jahr nicht zum Fest kommen. Es tut mir leid, aber es geht

121

beim besten Willen nicht. Ich muss weg, ins Ausland... unaufschiebbare Termine, weißt du..." Und dann in gewollt forschem Tonfall: "... das verstehst du doch, nicht wahr, du bist doch jetzt ein großes Mädchen." Er vermied es, sie dabei anzusehen.

"Ja", sagte sie langsam, "ja, natürlich, ich verstehe schon..."

Nein, dachte er, sie versteht es nicht. Sie ist wohl doch noch zu jung. Aber er musste weg - er brauchte diesen Auftrag dringend. Die Konkurrenz schlief nicht.

Er winkte die Bedienung herbei, zahlte hastig und erhob sich. "Na, denn. Kleines, mach's gut und grüß' die Mutti von mir. Und macht Euch ein paar schöne Tage." Er strich ihr flüchtig übers Haar und zwängte sich dann eilig durch die Tische.

Draußen ließ er sich aufatmend in die Polster des Wagens fallen, als er plötzlich bemerkte, dass er sein Schlüsselbund liegengelassen hatte. Seufzend stieg er wieder aus und kehrte in das Restaurant zurück.

Der Platz, an dem sie beide gesessen hatte, war leer. Das Geschirr stand noch unab-geräumt auf dem Tisch. Und auf einem Teller lag sein Schlüsselbund und daneben das mit Goldband verschnürte Päckchen!

Er verstand sofort.

Sie hatte es liegengelassen. Und zwar mit Absicht.

Er begriff, dass sie ihm damit eine Chance, einen Fehler zu korrigieren, geben wollte...

So stand er da mit dem Päckchen in der Hand, sekundenlang, minutenlang? Es war ihm selbst nicht bewusst. Er wusste nur, dieses Mal war es allein seine Entscheidung...

Irene Pätz

122

Fünfundzwanzig und die Lilie

Im Laufe der Jahre waren wir zu einem kleinen Häuflein zusammengeschmolzen. Trotzdem wurden wir nicht müde, immer wieder gemeinsame Erinnerungen auszutauschen.

Dieses Mal fiel unser jährliches Klassentreffen in die Vorweihnachtszeit, und so konnte es gar nicht ausbleiben, dass in diesem Zusammenhang der Name unserer "Lilie" fiel. Über vierzig Jahre fielen jäh von uns ab, und wurden wieder zur lebensvollen Gegenwart, als wir an die Vergangenheit dachten.

Fünfundzwanzig Schülerinnen waren war damals in der Klasse, fünfundzwanzigmal - ein verschworener Haufen. Jedenfalls war das die einhellige Meinung der gesamten Lehrerschaft - mit einer Ausnahme allerdings, und das war die Müllerin, unsere heißgeliebte Klassenlehrerin. Sie hatte uns sicher in der Hand, und darum tat es nicht nur ihr leid, dass sie uns wegen einer langwierigen krankheitsbedingten Behandlung an eine andere Lehrkraft abgeben musste. Uns allerdings tat es nicht nur leid, - wir waren bestürzt, aufsässig, rebellierten nicht nur im Geheimen.

An ihre Stelle rückte nun die "Lilie". Natürlich hieß sie nicht wirklich so, aber wir nannten sie so wegen ihrer Vorliebe für den Dichter Detlev von Liliencron. Ältlich, deutlich verblüht, mit tanzenden, grauen Löckchen und einem mageren faltigen Hals, an den sie immer wieder mit nervösen, fahrigen Händen fuhr - so saß sie vor uns, und versuchte mit unendlicher Geduld und Hingabe, uns die schöne Sprache der klassischen Dichtung näherzubringen. Als Nachfolgerin der jugendlich frischen Müllerin hatte sie es nicht leicht mit uns. Ja, man konnte getrost sagen, ihre rührenden Bemühungen schienen fast aussichtslos. Und der Gang in die Schule, in diese schreckliche Klasse, er mochte ihr sicherlich von Tag zu Tag schwerer gefallen sein.

Und doch änderte sich das alles - von einem Tag auf den anderen! Irgendeine von uns hatte - von einer geschwätzigen Zugehfrau sozusagen von hintenrum informiert - etwas aus dem Privatleben der "Lilie" in Erfahrung gebracht... nämlich, dass sie damals vor vielen Jahren und auch einmal jung und hübsch, mit einem Kollegen verlobt gewesen war, der aber gleich zu Anfang des ersten Weltkrieges gefallen sei, und dass seitdem ihre ganze Fürsorge und aufopfernde Liebe ihrer kranken, an den Rollstuhl gefesselten Mutter galt, die sie mit der wenigen, schwachen ihr zur Verfügung stehenden Kraft pflegte. Tagsüber, wenn sie aus der Schule kam und auch des Nachts, wenn sie über den zu korrigierenden Heften saß...

Selbst die Keckesten und Lautesten unter uns wurden nachdenklich. Nein, das hatten wir nicht gewusst. Keine von uns.

Und dann fassten wir alle gemeinsam einen Plan...

Es war der letzte Schultag vor den Weihnachtsferien. Schon von weitem vernahmen wir die schleppenden, zögernden Schritte der "Lilie". Vor der Klassentür schien sie zu zögern, als wollte sie noch mal tief Atem holen, und langsam nur, fast widerwillig , öffnete sie die Tür. Und dann konnte sie einfach nicht fassen, was sie da sah: Der Schein von fünfundzwanzig brennenden Kerzen spiegelte sich wider in fünfundzwanzig erwartungsvollen, strahlenden Paar Mädchenaugen. Und als ihre Blicke zum Lehrerpult wanderten, verschlug es ihr gar ganz und gar den Atem... Dort lagen, hochgetürmt, fünfundzwanzig mit Tannenzweiglein, goldenen und silbernen Schleifen und winzigen Kugeln aufs liebevollste in buntes Weihnachtspapier gehüllte Päckchen!

Sie konnte nichts sagen - unsere "Lilie". Für eine ganze Weile verschwand sie hinter ihrem Pult, und man hörte

124

nur ab und zu verdächtig schnäuzende Geräusche. Wir alle aber saßen bewegungslos auf unseren Bänken -mäuschenstill. Und wir blieben es auch, als sie mit geröteten Augen wieder auftauchte, und jeder einzelnen von uns schweigend die Hände drückte.

Fünfundzwanzig waren wir damals. Fünfundzwanzig unfertige, unausgegorene Wesen auf der Schwelle zum Erwachsensein, Fünfundzwanzig, die vielleicht zum ersten Male ein Hauch von echter Menschlichkeit gestreift hatte.

Es war das letzte friedliche Weihnachtsfest vor Ausbruch des zweiten Weltkrieges...

Irene Pätz

Begegnung in der Polarnacht

War es wirklich eine Begegnung, dieses kurze Zusammentreffen mit Leif Thorvaldson? War es nicht vielmehr nur ein flüchtiger Gruß im Vorübergehen, ein Wort, schon verweht, ehe es das Ohr des Anderen erreicht hatte?

Unter meinen Schuhen knirschte der Schnee. Von drüben, von den Hütten her, vernahm ich die rauhen Stimmen der Männer. Sonst sangen sie nie. Aber dieses Mal fühlte ich, dass es ein Abschied war.

Hoch und schwarz stand die Nacht, die unerschöpflich flimmernde Fülle ihrer Sterne verschwendend. Wie Diamanten schienen sie, zum Greifen nahe, um sich gleich darauf wieder ganz in sich zurückzuziehen. Vergeblich suchte das Auge den Einzelnen in dieser Bewegtheit, für die es kein Zeitmaß gibt, die ohne Anfang ist und ohne Ende. Es umfing mich wie der Hauch einer Ahnung von jenen unermesslichen Weiten zwischen diesen Brillanten und der Hand, die da glaubt, sich jeden Augenblick um einen von ihnen schließen zu können.

Und dann blendete es mich, grellweiß erst, dann grün, rot und gelb ineinander zerfließend. Wie ein Dom, unbewegt anscheinend, ruhte es auf dem eigenen Licht seiner Säulen, seiner Gewölbe. Den erstarrten Himmel überstrahlend, spiegelte das Nordlicht seine Helligkeit wider in der schneeigen Weite. Doch schon war es zerflackert, kaum ein Wischen noch. Man konnte glauben, das Auge habe sich getäuscht...

Der Zug stand schon da. Eine kleine, alte Diesellok, dahinter ein Gerätewagen. Das war alles. Unbeleuchtet stand er vor Björnsons Schuppen. Sie fuhren ohne Licht, die ganze Fahrt über. Es gab keinen Gegenverkehr und keine Straße, die die Geleise kreuzte. Die Geleise - ein schwarzer Strich nur - sie verloren sich schnell zwischen den schwarzen Tannen. Irgendwo, weiter südlich, stießen sie bei Kiruna auf die Erzbahn.

Knarrend gab die Schuppentür meinem Fußtritt nach. Ein Tisch nur, eine Bank, - aber man konnte sich aufwärmen. Mein Gepäck lag neben der Tür. Vor Stunden schon hatten sie es mit dem Schlitten gebracht. Die beiden Männer von der Lokomotive tranken heißen Tee und unterhielten sich mit Björnson.

Und dann sah ich ihn!

Er saß etwas abseits, die Hände um den warmen Becher gelegt. Nie zuvor hatte ich ihn gesehen, aber ich wusste sofort, dass es Leif Thorvaldson war. Bärtig, grau, zeigte sein Gesicht die Anspannungen einer beschwerlichen Reise, gleich weit weg von ihrem Beginn wie von ihrem Ziel.

"Ich hab' Sie mir anders vorgestellt", sagte ich, als ich mich neben ihn setzte, "eigentlich ganz anders..."

Er lüftete den Pelz. Sein Blick war irgendwie gedankenverloren, befangen in der Gewissheit endgültiger Einsamkeit. "Anders?"

126

Ich zuckte die Schultern. "Ich weiß nicht... wir lasen es in der Zeitung. Unbegreiflich, dass jemand hierherkommt und hierbleibt. Freiwillig."
"Hierbleibt? Ich will weiter. Eine ganze Woche noch mit dem Schlitten, schätze ich. Ich bin Arzt, und sie brauchen mich da oben."
Ich schlürfte genussvoll den heißen Tee aus dem Becher zwischen meinen Händen. "Ein Jahr war ich hier." Ich sagte es mehr für mich. "Ein halbes Jahr ohne Nacht, ein halbes Jahr ohne Tag. Immer dieselbe Angst vor der Einsamkeit und dem Polarkoller... Wir haben gebohrt, Land vermessen... Magneteisenerz, verstehen Sie? Meine Gesellschaft wird zufrieden sein, denke ich. Die sind nicht kleinlich."
Die beiden Männer von der Lok winkten mir zu. Es sollte losgehen. Thorvaldson trat mit mir vor die Tür. Schweigend starrten wir in die Nacht. Von den nahen Bergen her hörten wir das Rauschen des Wasserfalls, und wie eine winzige Wolke stand unser Atem in der klirrenden Kälte.
"Stellen Sie sich vor, Doktor", sagte ich munter, "in drei Tagen bin ich da, wo sie hergekommen sind. Großstadtleben, verräucherte Bars... ach, alles das, was wir lieben, wenn wir es nicht haben..."
Als hätte er meine Worte gar nicht gehört, fing Thorvaldson plötzlich an zu sprechen, schleppend, fast widerwillig kamen die Worte über seine Lippen. "... Vor einem Jahrzehnt gab es eine Epidemie hier oben. Erschreckend und grotesk zugleich: die Samen, an Schnee und Kälte gewöhnt, wurden umgeworfen von der Grippe. Sogar die Eskimos starben wie die Fliegen. Wir jungen Ärzte kamen damals gerade frischgebacken von der Universität. Man fragte uns, wer hier hochwollte, freiwillig, um zu helfen... Keiner ging. Auch ich nicht...
Die Jahre danach aber in meiner Praxis mit Privatpatienten und Krankenkassensicherheit ließen die

127

Schuld doppelt schwer drücken..." Er atmete tief durch, schaute in eine unbestimmbare Ferne. "Es kann wieder so eine Epidemie geben. Alle Anzeichen sprechen dafür."
Wir standen jetzt neben der Lok. "Und Sie..." sagte ich, "Sie wollen wirklich..."
Er nickte. "Ja, ich will. Sie sind misstrauisch, starrköpfig, diese Nordländer, ich weiß. Aber ich werde hinter ihnen herjagen, bis in ihre Zelte. Vielleicht gewinne ich eines Tages ihr Vertrauen..."
Fröstelnd hockte ich in einer Ecke zwischen den Geräten. Der Zug, die kleine Lok mit dem einzigen Wagen dahinter, stob durch die weiße Ebene. Hügel, schwarze Berghänge schoben sich heran, Schluchten mit reißenden Wassern taten sich auf, blieben zurück. Ich starrte hinaus. Das alles glitt an mir vorüber, ohne dass ich es richtig wahrnahm. Wie eine Last, die immer schwerer wurde, fühlte ich, mit jedem Kilometer, mit jeder Umdrehung der stoßenden Räder, dass ich etwas zurückließ, ein Stück von mir, in der Stille jener verlassenen Welt da oben, im Brüllen eines gnadenlos an einsamen Holzhütten und windschiefen Kiefern zerrenden Schneesturms, bei den wortkargen Gefährten einer langen Polarnacht und bei jenem Mann im Pelz, der bei der Abfahrt vor Björnsons Schuppen gestanden und mir noch einmal zugewinkt hatte.
Wer von uns beiden würde wohl eines Tages einsamer sein?
Helmut Pätz

Das Vogelhäuschen

Der Junge hatte den Kopf in die Hände gestützt und starrte aus dem Fenster. Sein Fuß stieß unwillig gegen die Fußbodenleiste. Erwachsene sind doch komische Menschen, dachte er, wirklich, das sind sie, und oft schwer zu verstehen. Und sie selber verstehen einen auch

128

nicht - oder wollen es nicht. Aber das kommt schließlich auf dasselbe raus!

Dabei hatte er sich so viel Mühe gegeben. Genau nach Anleitung hatte er es gebastelt. Und fast sein ganzes Taschengeld hatte er hergeben müssen für all die Dinge, die er dazu benötigte. Ganz heimlich hatte er das alles gemacht, weil er die Eltern damit überraschen wollte. Ihm blieb nicht viel Zeit, denn draußen lag schon der erste Schnee, und an den kahlen Ästen rüttelte ein eisiger Wind. Wenn erst der Frost einsetzte, musste das Vogelhäuschen auf dem Balkon stehen.

"Auf dem Balkon?" hatte die Mutter in gedehntem Ton gesagt, als er eines Abends den Eltern voll freudiger Erwartung und heimlichem Stolz sein vollendetes Werk vorführte. "Auf dem Balkon? Junge, bist du närrisch? Wo ich doch die Wäsche zum Trocknen aufhänge... Hast du eine Ahnung, wieviel Schmutz Vögel machen können."

"Auf dem Balkon?" fügte der Vater stirnrunzelnd hinzu. "Wo du doch weißt, dass der Balkon direkt vor meinem Arbeitszimmer liegt. Du meine Güte, dir ist wohl nicht klar, was für einen Lärm diese kleinen Dinger machen können."

Der Junge presste die Stirn gegen die kühle Fensterscheibe. Ich versteh' sie einfach nicht, die Erwachsenen, dachte er wieder, da reden sie so viel von Natur und Umwelt, und dann stellen sie sich so an, nur wegen so ein bißchen Schmutz und Lärm! Aber im Sommer, da freuen sie sich, wenn ihr munteres Gezwitscher in den Zweigen hängt und schreiben sogar hübsche Gedichte und Lieder darüber. Nein, ich versteh' sie wirklich nicht, diese Erwach-senen!

Er drehte sich um. Und dann dachte er gar nichts mehr. Erst als er das ganze Häuschen in einem verzweifelten Zornesausbruch zerstört hatte, fand er wieder zu sich selbst. Die Trümmer lagen über den ganzen Tisch verstreut, und mechanisch begann er sie einzu-sammeln.

129

Dann setzte er sich hin, legte den Kopf auf die gekreuzten Arme und weinte bitterlich.

Er merkte nicht, dass die Mutter ins Zimmer getreten war. Mit einem einzigen Blick erfasste sie, was geschehen war. Sie strich ihm zärtlich übers Haar.

Als er eines Tages aus der Schule kam, stand der Vater in der Tür. Er legte ihm die Hand auf die Schulter.

"Komm..." sagte er und führte ihn auf den Balkon. Eine ganze Weile sahen sie schweigend auf das kleine Häuschen.

"Es ist etwas schief geraten", murmelte der Vater, "und nicht ganz so hübsch wie deines es war. Du weißt, mir liegt die Schreiberei mehr als das Basteln. Aber ich glaube, den Vögeln macht das nichts aus... Mutter und ich", setzte er fast verlegen hinzu, "haben ihnen schon den ganzen Vormittag zugeschaut."

Der Junge erwiderte nichts. Er ergriff die Hand des Vaters und hielt sie ganz fest.

Irene Pätz

Der Alte vom anderen Ufer

Als er aufwachte, war es Nacht. Es war nicht mehr so kalt, aber die Stille war besonders tief. Er lauschte in die Dunkelheit. Die Tiere bewegten sich nicht, nur manchmal blökte eines von ihnen leise im Schlaf. Vorsichtig schob er die Wolldecke weg und drehte sich um auf seinem Strohsack. Der Hund war schon wach. Der spürte sofort, wenn etwas nicht in Ordnung war. Seine Hand tastete hinüber und strich zärtlich über die feuchte Schnauze.

Dann richtete er sich langsam auf, humpelte zur Tür und legte sich mit seinem ganzen Gewicht dagegen. Nur widerwillig gab sie nach, und der Schnee quoll zu ihm in den Stall hinein. Es musste stundenlang schon geschneit haben. Er zwängte seinen Kopf durch den Spalt. Um ihn herum war gleißende Helle. Der Schnee lag mehr als

130

einen Meter hoch vor der Tür, und drüben zwischen den Bäumen mochte er doppelt so hoch sein.

Er überlegte. Seine Gedanken waren nicht mehr so schnell wie früher. Er war alt geworden, aber er wusste, dass es jetzt etwas für ihn zu tun gab, etwas Entscheidendes. Es ging um die Tiere, um zweihundert Schafe, die in diesem abgelegenen Feldstall eingeschneit waren. Über Nacht!

Er hatte geahnt, dass in diesem Jahr der Winter besonders früh kommen würde. Er hatte ihnen allen gesagt, dass sie ihre Schafe in die Hausställe nehmen sollten. Sie hatten geant-wortet, dass sie das schon rechtzeitig tun würden - diese Dickschädel!

Jetzt hockte er hier mit den Tieren, den Schafen eines ganzen Dorfes. Und er hatte kaum einen Tag Futter hier für sie. Es waren mindestens vier Stunden Weg ins Dorf. Die Tiere aber konnten keinen Schritt nach draußen machen - sie wären rettungslos verloren. Und von draußen konnte keiner herankommen. Die Bauern nicht und auch sonst... Auch sonst?

Er dachte angestrengt nach, während er hinausstarrte, und die Augen taten ihm weh.

Da waren die Soldaten, die Pioniere. In der Kaserne, drüben, auf der anderen Seite des Flusses. Wenn das Eis stark genug war, konnte man hinüberkommen. Sie würden, sie mussten helfen! Er hatte sie schon öfters beobachtet, wenn sie eine behelfsmäßige Brücke über den Fluss bauten oder ein eingesunkenes schweres Fahrzeug aus dem Morast zogen. Und dann hatten sie bei ihm gesessen, während der Rast, hatten ihre Zigaretten geraucht, und den Schafen beim friedlichen Grasen zugeschaut...

Der Hund schnupperte an seinem Hosenbein. "Du bleibst hier, Harro... bei den Tieren..." sagte er leise, "Einer muss bei ihnen bleiben."

131

Der Hund und er - sie waren ein Gespann. Auf den "Schwarzen" konnte er sich verlassen. Der würde keinen an die Schafe heranlassen.

Dann nahm er seinen Stock und zwängte sich nach draußen.

Er warf sich förmlich hinein in den Schnee. Er wusste, er musste hindurch. Er musste hinüber zu den Soldaten. Das Bein schmerzte, und mit jedem Schritt sank er tiefer ein. Aber die Tiere brauchten Hilfe, und nur er konnte sie holen.

Der Schnee gab nach, und er fühlte, dass er den Abhang hinunterrutschte. Den Stock hielt er fest umkrampft. Ohne den Stock war er verloren.

Sein ganzes Leben hatte er mit Schafen zugebracht. Er hatte nichts anderes gelernt, als mit Schafen umzugehen. Nie hatte ihm einer gesagt, was er zu tun hatte. Sie hatten nur immer gesagt, dass er die Tiere gut versorgte, dass er etwas vom Scheren und der Lagerung der Wolle verstand.

"... weißt Du überhaupt, wie alt Du bist?" hatte vor einiger Zeit mal einer im Dorf zu ihm gesagt, "... achtzig, vielleicht...?"

"... achtzig... ja, das kann wohl sein..." Er hatte nachgedacht. Aber genau konnte er es nicht sagen.

Er rutschte aus. Die verkrampften Finger glitten jetzt über glattes Eis. Und er hörte, wie es unter seinen Schuhen knisterte und knackte.

"Die Tiere..."

Dann ging es bergauf.

Er war auf der anderen Seite. Ihm war heiß unter dem zerschundenen Mantel. Er rutschte zurück, griff hinein in den Schnee. Die andere Hand hielt den Stock umklammert. Die Nacht um ihn herum war hell und weiß, und es flimmerte vor seinen Augen. Und dann fühlte er den Stein - den Kilometerstein.

132

Er hatte die Straße erreicht! Jetzt war es nicht mehr weit bis zur Kaserne. Vor seinen Augen tanzten Schneeflocken.

Da griffen feste Hände unter seine Arme, stützten ihn, geleiteten ihn in einen hellen warmen Raum. Er sank auf einen Stuhl und sah in verwunderte junge Gesichter.

"... der Alte..." hörte er jemanden sagen, "... von drüben... vom anderen Ufer... ja, ich erkenne ihn... es ist der Schäfer."

Sie reichten ihm einen Becher mit heißem Tee. "... der ist ja völlig fertig... sag' dem Spieß Bescheid."

"... die Schafe..." murmelte er zwischen zwei Zügen, "Sie haben nichts zu fressen... und der Hund... sie sind da drüben ganz allein."

"Der Schneepflug..." hörte er eine andere Stimme wie aus weiter Ferne, "... gebt Alarm für die Leute... der Schneepflug... und die Fünftonner... alles bereitmachen."

Da sank er schlafend in den Stuhl zurück.

Helmut Pätz

Peter und die Weihnachtstombola

Die drei Jungen schliefen schon, als ich ihr Zimmer betrat. Sie lagen da mit geöffnetem Mund und geröteten Wangen. Einen Arm hielten sie unter dem Kopf angewinkelt. Alle drei. Wie im Schlaf, so waren sie auch im Leben: Heino, - trotzig, abwehrend, Thomas, - unruhig, bewegt, wie voll tausend Fragen. Nur Peter, unser Kleinster, - er war ganz einfach glücklich. Er hielt den kleinen Stoffhund an sich gepresst, ganz fest. Er lächelte.

Ich trat an sein Bettchen, beugte mich über ihn und strich ihm über das seidenweiche Haar. Und auf einmal war er wicdcr da, der heutige Nachmittag mit den vielen Kindern, dem Lärm, dem Geschrei, dem ganzen

133

Durcheinander... die alljährlich wiederkehrende Weihnachtstombola!

Die unzähligen Stimmen und Stimmchen klangen mir noch im Ohr. Ich erlebte in Gedanken alles noch einmal wieder, - die Märchenaufführung, den Auftritt des Weihnachtsmannes, ich hörte sie wieder, die alten Lieder, die alle voll Begeisterung mitsangen, nicht gerade konzertreif, aber dafür laut, die Gedichte, die vorne, auf der Bühne, aufgesagt wurden, aufgeregt, stockend, verlegen und doch voller Hingabe. Auch unser Kleiner trug sein Gedichtchen vor, erst stockend, leise, dann immer lauter, flüssiger, bis er schließlich alle Zuhörer, die großen wie die kleinen, ganz in seinen Bann gezogen hatte.

Beifall schwoll auf, und Peter strahlte mich an. Er hatte den ersten Preis in diesem Wettbewerb gewonnen.

Der Leiter des Festkomitees legte die Hand auf seine Schulter und ging mit ihm an den riesigen Tisch, auf dem die vielen Gewinne ausgelegt waren. Peter hatte die freie Wahl, er konnte sich seinen Gewinn aussuchen.

Heino und Thomas, meine Großen, zogen mich, jeder an einer Hand, ebenfalls hinüber zu dem Tisch. "Komm. Mutti, schnell, wir müssen zu ihm hin, der hat doch gar keine Ahnung, der ist doch noch viel zu klein und schusselig."

Thomas stieß den Kleinen an, der unschlüssig vor vielen schönen Sachen stand und von einem Fuß auf den anderen trat. "Da drüben die elektrische Eisenbahn..." zischte er, "los, Mensch, nimm die..."

Heino ließ meine Hand los und zwängte sich zwischen die beiden.

"Quatsch... da, das Flugzeug mit dem elektronischen Antrieb..." Er

sah mich bedeutungsvoll an. "Mutti, es hält sich garantiert mehrere Minuten in der Luft..."

134

Ich sagte nichts. Aber ich war gespannt, wie sich unser Kleiner entscheiden würde.

"Du musst jetzt wählen, mein Junge", sagte der Vorsitzende des Festausschusses leise zu ihm. Er lächelte mich entschuldigend an. "Wir haben noch zwanzig weitere Preisträger..."

Ich nickte. "Ja, du musst dich entscheiden, Peterle..." Seine kleinen Zähne nagten an der Unterlippe.

"Die Eisenbahn..." flüsterte Thomas.

"Das Flugzeug..." drängte Heino.

Mein Kleiner sah mich an. "Mutti..."

Ich beugte mich zu ihm herab.

"Mutti..." Sein schmutziger Finger wies über den Tisch.

"... da hinten, der braune Stoffhund..."

Und da lag er, ein kleiner Wollhund, unscheinbar, verstaubt, ein richtiger Ladenhüter, mit schwarzbraunen aufgesetzten Glasaugen. Das Flugzeug, die Eisenbahn, - sie waren mindestens das Zehnfache wert!

Ich war enttäuscht. Aber nur einen winzigen Augenblick lang. Dann fühlte ich mich irgendwie beschämt. Kinder -, sie sehen mit anderen Augen als wir. Was bedeutet ihnen schon der materielle Wert einer Sache, wenn das Herz spricht? Ich schaute meinen Kleinen an. Er sagte nichts - kein einziges Wort - aber seine Augen flehten.

Da atmete ich tief auf, langte weit über die vielen schönen Preise und fischte, unter dem spöttischen Gemurmel der Umstehenden, das armselige Hündchen heraus. Und meine Stimme, sie mag ein wenig trotzig geklungen haben, als ich laut zu ihm sagte: "Komm Peterle, nimm, du hast gut gewählt, finde ich."

Irene Pätz

135

Sie war voller Erwartung

Sie freute sich auf den Abend.

Weihnachten: das Fest liebevollen Schenkens, des gegenseitigen Verstehens. Alles war vorbereitet - wie immer. Die Kinder würden kommen - wie all die Jahre zuvor. Dennoch konnte sie sich selbst nicht erklären, warum so eine merkwürdige Unruhe sie befallen hatte.

Thomas! Thomas, ihr Mann und Weggefährte seit vielen glücklichen Jahren - er war es, der ihr Sorgen bereitete. Er war so müde, so ausgelaugt, ja geradezu gehetzt in der letzten Zeit. Ob es die neue, verantwortungsvolle Stellung war, die er innerhalb der Firma über-nommen hatte und der er vielleicht doch nicht gewachsen war, obwohl er schon lange darauf hingearbeitet hatte? Oder waren es die vielen Überstunden, die er machen musste, um die umfangreiche Arbeit zu bewältigen, die auf ihn zugekommen war? Früher, ja früher, da hatten sie über alles reden können - jetzt war er so schweigsam geworden...

Neulich, als sie in der Stadt Einkäufe tätigte, da hatte sie ihn plötzlich gesehen - aber er sie nicht, obwohl sie dicht hinter ihm gestanden hatte. Vor dem Juweliergeschäft war es, und er schien tief in Gedanken versunken. Sie wollte sich gerade bemerkbar machen, als er mit einem Mal kurzentschlossen den Laden betrat.

Und dann sah sie, wie der Verkäufer etwas aus der Auslage nahm. Ihr Herz stockte. Das konnte doch nicht wahr sein! Wie oft hatte sie hier schon gestanden und jenes Schmuckstück bewundert: ein Herz aus Weißgold, eingefasst von funkelnden Saphiren und feuersprühenden Diamanten - ein Traum - auf rubinrotem Samtkissen gebettet. Der Preis war so astronomisch hoch, dass sie es Thomas einmal erzählte, unbekümmert lachend, weil es für Leute wie sie sowieso nicht in Frage kam. Du meine Güte, er würde doch nicht etwa... mein Gott, er konnte doch nicht... Sie war dann schnell weitergegangen, verwirrt und zweifelnd zugleich...

Als spät am Abend alle ihre Geschenke ausgepackt hatten, fiel es in dem allgemeinen Trubel gar nicht auf, dass sie immer stiller wurde. Dabei hatte auch sie schöne Sachen bekommen... die Krokotasche, die sie sich schon immer gewünscht hatte, den dunkelblauen Kaschmirpullover, der ganz oben auf ihrer Wunschliste zu finden war und mehrere Buch-Neuerscheinungen"... für meine kleine Leseratte... die werden Dir bestimmt gefallen", wie Thomas ihr lächelnd versicherte.

Ein Herz aus Weißgold war nicht dabei.

Sie gab sich unendlich viel Mühe, sich nichts anmerken zu lassen, und als die Kinder sich verabschiedeten, versicherten sich alle - auch sie - dass es einmal wieder ein wunder-wunderschönes Weihnachtsfest gewesen sei. Sie hatte liebevolle, dankbare Küsschen nach allen Seiten verteilt, während ihre Gedanken unablässig nur um das "Eine" kreisten: Für wen hatte Thomas das Schmuckstück gekauft - für wen, wenn nicht für sie? War es am Ende gar für die junge, blonde Sekretärin, die man ihm, zusammen mit dem neuen, exklusiv eingerichteten Büroraum, zugeteilt hatte? War er darum in der letzten Zeit so zerstreut und nervös gewesen, und musste er tatsächlich so viele Überstunden machen, wie er vorgab? Und überhaupt, hörte und sah man nicht alltäglich von solchen Affären angeblich glücklicher Ehen, die, für Außenstehende völlig unerklärlich, auseinanderbrachen? Warum also sollte es ausgerechnet bei ihnen anders sein?

Dann neigte der Abend sich endlich dem Ende zu, und Thomas - gewissenhaft wie eh und je, nahm eine heruntergefallene Kugel auf und hängte sie sorgfältig wieder auf ihren alten Platz. Dann drehte er sich um und nahm sie in die Arme. "Frohe Weihnachten, mein Liebes, nochmals frohe Weihnachten", sagte er und drückte ihr ein kleines Päckchen in die Hand. Als sie ihn

137

verständnislos ansah, fügte er mit einem versteckten Lächeln in den Augenwinkeln hinzu: "... ich habe es extra aufbewahrt, bis alle fort sind. Ich wollte Deine Freude ganz für mich allein auskosten." Und während er dann die Lichter am Baum nacheinander auslöschte, erzählte er ihr, wie sehr er in den letzten Monaten mit Arbeit überhäuft gewesen war, dass seine Sekretärin, die sich als äußerst unzuverlässig und unprofessionell erwiesen hatte, in eine andere Abteilung versetzt worden war und er mithin ihren ganzen Papierkram vorläufig mit erledigen musste und er demzufolge oft nicht gewusst hätte, wo ihm der Kopf stand...

Viel später, als er schon eingeschlafen war, stieg sie noch einmal aus dem Bett, legte die Kette mit dem Herz um, warf sich den Morgenmantel über und ging leise ins Wohnzimmer.

Dann stellte sie sich vor den Baum und zündete eine Kerze an.

Irene Pätz

Die Nacht der Wölfe

Der Winter kam früh in diesem Jahr. Seit Tagen schon beobachtete er abends den tief violetten Streifen am Horizont, wenn die Sonne untergegangen war. Hoch am Rand des Steilhangs stand er dann, da wo sich nicht einmal das spärliche Gras hinwagte, und starrte regungslos in das weite Land unter sich.

Vor wenigen Tagen noch hatten in den Bergen gegenüber die Feuer bis tief in die Nacht hinein geleuchtet, und er wusste, dass sie den Wein gut in die Fässer bringen würden, bevor der erste Frost mit einem einzigen Faustschlag alles vernichtete.

Langsam ging er zurück, wobei er sich auf den schweren Stock stützte. "Komm, Tarco..." Der Hund folgte ihm.

138

Die Nacht umfing sie, und als sie zur Herde zurückkehrten, wichen die Schafe nur widerwillig zur Seite aus, um sich gleich darauf wieder blökend aneinander zu schmiegen. Er spürte, dass sie alle da waren, und strebte der Felshöhle zu, in der er das wärmende Holzfeuer wusste.

Da riss der Hund sich los. Mit einem kurzen, harten Aufbellen jagte er hinaus in die Dunkelheit.

"Tarco!" rief er. "Tarco!" Dann hinkte er hinterher. Sein Bein schmerzte. Immer wenn der Winter kam, schmerzte sein Bein. Der Hund bellte jetzt weiter weg. Die Schafe waren unruhig, - und dann hörte er das Heulen. Laut und klagend und ziemlich nahe.

Die Wölfe!

Sie waren da, jetzt schon, fast einen ganzen Monat früher als sonst. Seine Faust schloss sich um den schweren Stock. Er hörte das Heulen und dazwischen das Bellen des Hundes. Und er hörte das Knurren der Tiere, wie in einem verbissenen Kampf.

Er stapfte weiter, stolperte über das Geröll. Die Wölfe! Schon jetzt hatte die Kälte sie also über die Bergkette im Osten hierher getrieben. Und sie würden die Tiere reißen, die Tiere, die er an hellen Tagen und in hohen Nächten über das spärliche Gras trieb und mit denen er jetzt auf dem Weg zurück war - zurück ins schützende Tal.

Wieder vernahm er das klagende, langgezogene Heulen. Es mussten mehrere sein. Und mit ihnen kam der Schnee. Wie Federn wischten die Flocken über sein Gesicht, und auf einmal sah er nichts mehr.

Er stolperte in die Höhle. Die Wärme umfing ihn. Er fühlte nichts mehr. Er war todmüde, - aber er wusste genau, was er zu tun hatte. Es gab keinen Schlaf in dieser Nacht. Die Tiere mussten nach unten ins Tal. Jetzt. Sofort. Drei, vier der größten Böcke musste er aussuchen. Mit dem Knüppel musste er sie aus dem Schlaf reißen. Die anderen würden folgen.

139

"Tarco..." rief er. "Komm!" Und dann war der Hund wieder da. Er fühlte das Fell, das sich gegen sein Bein rieb. Er warf den Leinenbeutel mit dem getrockneten Ziegenkäse über die Schulter und trat mit dem gesunden Fuß das Feuer aus. Dann stapfte er in die Nacht hinaus. Wie eine Wand stand der Schnee in der Luft, aber sie mussten hindurch. Morgen war es zu spät.

"He!" rief er, "he!" Er stieß gegen die ersten Schafe, und die Nacht war um ihn, die Tiere, der Schnee und hinter ihm die Wölfe. Der Hund bellte, ganz nahe und dann wieder weit entfernt, wenn die Tiere zu nahe an den Abgrund gerieten...

Als sie den hohen Sattel erreichten, wusste er, dass Mitternacht vorbei war.

Und da, wo der Schnee im Windschatten eines Steilhanges so hoch war, dass die Tiere fast darin versanken, schlugen die Wölfe zu. Die Nacht war hell, und es funkelte gleißend. Die Wölfe waren überall. Sie heulten jetzt nicht mehr - sie knurrten, und er wusste, was es bedeutete, wenn eines der jungen Schafe noch einmal aufschrie wie ein kleines Kind, und dann plötzlich verstummte. Sein Hund bellte wieder, und der Schnee wirbelte auf.

Er warf sich hinein in diesen Schnee, in dem auf einmal alles lebte. Er fiel, raffte sich auf. Er sah ihre Schatten, dunkler als die der Schafe, lautlos, zwei, drei, vier - und er spürte ihren wilden Geruch. Sie zerrten an etwas, das zwischen ihren Mäulern hing. Sein schwerer Knüppel sauste durch die Luft. Dumpf und splitternd zugleich traf der vernichtende Schlag. Das Raubtier winselte auf. Die anderen ließen die Beute fahren, widerwillig, und sofort waren sie um ihn. Sie spürten den wirklichen Feind. Er selbst aber stand wie ein Baum, ein uralter, knorriger, schwang die Keule, immer wieder und traf... Aufheulend wichen sie zurück. Sein Atem ging keuchend. Zu seinen Füßen lag das gerissene Jungtier, daneben der

140

erschlagene Wolf. Auf einmal spürte er die Stille, und er wusste, dass die meisten Tiere schon auf der anderen Seite des Sattels waren.

"Tarco!" Es blieb still. Er rief noch einmal und stapfte zurück in die Richtung, wo er den Hund wusste. Und dann fühlte er es plötzlich weich und wollig unter sich. Sein Rücken schmerzte, als er sich bückte. Die Finger tasteten über das weiche Fell, fühlten die feuchte klebrige Wärme, die über den Rücken des Hundes rann, und die Wunden, die die Wölfe gerissen hatten. "Tarco..."

Er wusste, dass er jetzt allein war hier oben, mit den Schafen und den Wölfen, und er spürte den Schmerz nicht mehr in der Kniescheibe... Seine Gedanken verirrten sich.

Damals... Blutjung noch war er gewesen, als er eines Tages ein verirrtes Schaf von einem Felsvorsprung holen wollte. Dann war er gestürzt. Der Hund, ein struppiger, grauer, war hinabgejagt ins Tal, um Hilfe zu holen. Einen ganzen Tag hatte er da gelegen und eine Nacht, vor Schmerz die Finger in das Fell eines jungen Tieres gekrallt, bis der Hund mit den Helfern zurück war. Seitdem war er hier oben geblieben bei den Schafen, ein ganzes Leben lang..

Er richtete sich wieder auf und fühlte die drohende Einsamkeit, die der schwarzen Berge und die des eigenen Alters. Die Wölfe hatten sich zwar zurückgezogen - aber sie würden wiederkommen. Er fühlte nichts mehr. Er dachte nur daran, die Tiere hinabzutreiben ins Tal, mit dem Holzknüppel, wenn es sein musste, mit Fußtritten. Über die abfallenden, schnee-bedeckten Geröllhänge.

Schon weit vor den ersten Häusern des Dorfes kamen die Leute ihm entgegen. Sie erkannten ihn inmitten der Schafe, hinkend, taumelnd, den toten Hund über der Schulter, und sie wussten sofort, was geschehen war. Sie stützten ihn, zu zweit, zu dritt. Schließlich trugen sie ihn fast.

141

"... zwei haben sie gerissen..." stieß er hervor, "einen hab' ich erschlagen, vielleicht auch zwei... aber den Hund, den Tarco, den sollten sie nicht haben."
Helmut Pätz

Die Nacht, die niemals endete

Es gab nicht mehr Himmel und Erde, nur Schnee und Sturm, Kälte und Eis in dieser Nacht, die nicht enden wollte. Er wusste nicht, wie lange sie schon unterwegs waren, aber sieben regungslose Fellknäuel waren zurückgeblieben an ihrem langen Weg, erfroren, verhungert, totgebissen von den anderen lagen sie einsam auf den Spuren der Schlittenkufen...
Rasmus zog an der Leine. Ein kurzer Ruck nur, aber die Hunde spürten ihn sofort. Als hätten sie nur auf dieses Zeichen gewartet, begannen sie sich in den Schnee einzuwühlen, zehn struppige Polarhunde, durch Geschirrleinen miteinander verknüpft. Sie krochen übereinander, zwischeneinander, - ein wirres Knäuel, eingehüllt in eine aufstiebende Schneewolke. Dann hörte jede Bewegung auf. Der Schlitten stand.
Sie konnten nicht mehr. Sie waren völlig erschöpft: Rasmus, die Hunde und der Mann, der jeden Augenblick aus der Unendlichkeit hinter ihnen auftauchen müsste.
Rasmus ließ sich vom Schlitten fallen, erstarrt zu einer Eissäule, eingehüllt in dicke Fellkleidung, die wie ein Panzer aus Schnee und Eis an seinem Körper hing. Mit fast unwiderstehlicher Gewalt überkam ihn das Verlangen, liegenzubleiben, hier bei den Hunden, einfach liegenzubleiben und sich mit ihnen einschneien zu lassen. Wegener. Wo blieb Wegener? Er durfte ihn nicht verlieren!
Er taumelte hoch, schlug die Arme über Brust und Leib zusammen und machte ein paar mühsame Schritte gegen den Sturm, der wie ein Messer in den schmalen

142

Augenspalt des Pelzes stieß. Er wankte zurück in die Richtung, aus der sie eben gekommen waren, und trotz der eigenen Not peinigte ihn tiefes Schuldgefühl. Seit sie den einen Schlitten zurückgelassen hatten, war Wegener ihnen auf den Skiern gefolgt. Jedes Angebot, selbst einmal den Schlitten zu benutzen, hatte er abgelehnt:" ... du bist Grönländer, Rasmus, du verstehst dich auf Schlitten und Hunde. Nur so werden wir jemals durchkommen."

Das waren immer wieder die Worte des Mannes gewesen, der von so weit hergekommen war übers Meer, um hineinzugehen in diese Nacht, die nicht endete.

Hinter einer Schneeverwehung fand er Wegener. Bewegungslos lag er da, das Gesicht im Schnee. Unter unsäglichen Mühen zog Rasmus ihn zum Schlitten.

Wegener wehrte ab, schwach, kaum wahrnehmbar. Rasmus sollte ihn hier liegenlassen und versuchen, allein weiterzukommen. Aber der Grönländer gab nicht nach. Entweder kamen sie beide oder keiner von ihnen jemals ans Ziel.

Die Hunde rührten sich nicht, als er gegen den Schlitten stieß...

Wer weiß von den Qualen, unter denen ein einzelner, völlig zerschlagener Mann in dieser unbarmherzigen Arktisnacht ein Zelt errichtete? Als es schließlich geschafft war, umheulte der Sturm dieses kleine, einsame Obdach in der unendlichen Eiswüste, als wolle er jeden Rest von kümmerlichen Leben darin endgültig vernichten.

Die kleine Öllampe warf einen flackernden Schein auf das Gesicht Wegeners, den Rasmus auf ein Bündel Felle gebettet hatte. Die letzte Dose Pemmikan war geöffnet, und in einem Blechteller schmolz Schnee über der Tranfunzel. Besorgt betrachtete Rasmus den Liegenden, und hin und wieder lauschte er nach draußen. Aber die Hunde waren still. Sie bissen einander nicht wie

143

gewöhnlich, als ahnten sie, was sich hier unter der schneeverwehten Plane abspielte.

Wegener öffnete mühsam die Augen. Er schien zu lächeln, und Rasmus lächelte zurück. Er schob den Teller mit dem Schneewasser gegen Wegeners Lippen, aber der schüttelte den Kopf. Seine Hand tastete über den nassen Pelz auf der Brust. Er zog - unendlich mühsam - das kleine Buch hervor, das er dort immer verwahrt hielt. Er reichte es Rasmus, und der Grönländer nahm es behutsam in seine Hände.

Dann erstarb plötzlich Wegeners Lächeln. Deutlich standen die weißen Frostflecken auf der ledergrauen Haut, unter der sich schon die Blässe des nahenden Todes abzeichnete.

Die Tränen, die Rasmus in dieser Nacht weinte, galten einem Mann, dem er Freund und Gefährte gewesen war und dessen Heimat weit entfernt lag hinter den blauen Frühlingswogen, den herbstlichen Nebelfeldern und den gleißenden Eisschollen des Wintermeeres. Selbst fast noch ein Kind, bestattete er ihn am nächsten Tag tief im Schnee - ein einsames Grab, auf das er nichts weiter zu setzen hatte als zwei graue Skibretter.

Dann zog er weiter.

Er ging jetzt neben dem Schlitten. Die Hunde hatten seit Tagen nichts mehr zu fressen gehabt. Sie stolperten vor Schwäche, aber sie zogen unentwegt, als wüssten sie, worum es ging. Hin und wieder musste einer von ihnen geopfert werden, um Rasmus und den anderen Tieren als Nahrung zu dienen.

Der Blick aus Wegeners Augen, als er ihm das Buch überreicht hatte, war es, was ihn vorwärtstrieb. Er hatte einen Auftrag zu erfüllen. Er musste an die Küste und jenen berichten, die da auf sie warteten - voller Bangen und voller Hoffnung. Er würde ihnen feierlich das Tagebuch überreichen, das er unter dem Pelz sicher verborgen hielt.

Er fühlte seine Kräfte wieder wachsen und spürte nicht mehr die Schwäche, die seine Beine wie eine Zentnerlast im Schnee festzuhalten schien. Das Dunkel der Nacht hellte sich auf. Der Sturm ließ nach, kaum merklich erst, spürbarer dann, bis er, nur noch ein Wimmern in der Luft, verklang. Aber der Schnee fiel, stetig und lautlos, und die Sonne flutete über den Horizont, sich blutigrot über das weite Eis ergießend, schließlich goldgelb den ganzen Himmel überstrahlend...

So schritt er, leicht und fast federnd, in diese Vision seines eigenen Todes hinein, in der unzählige wirbelnde Schneeflocken wie Diamanten funkelten.

Vor sieben Jahrzehnten sah man Alfred Wegener, den bekannten Grönlandforscher, zum letzten Mal lebend, als er sich von den Gefährten der "Station Mitte" verabschiedete. Sein Grab wurde im Frühjahr 1931, etwa zweihundert Kilometer vom Rande des grönländischen Inlandeises, aufgefunden.

Sein treuer Begleiter, der junge Grönländer Rasmus Willumsen, ist bis auf den heutigen Tag verschollen geblieben.

Helmut Pätz

Ein Zug fährt durch Wiluna

Das Land ist groß, das Land ist weit. Zwischen den Horizonten liegt Wiluna. Keine Stadt, kein Dorf, - zehn, zwanzig Hütten vielleicht, halbverfallen, und etwas abseits ein Kirchlein aus Holz. Einmal am Tag braust der Zug vorbei, im Winter sogar nur einmal die Woche. Dann taucht es auf, kaum dass der müde Blick des Reisenden es wahrnimmt, und versinkt gleich darauf wieder in verträumter Einsamkeit. Will jemand aussteigen, so sagt er vorher Bescheid. Am besten dem Mann auf der Lokomotive. Der Zugführer schläft zumeist. Das war früher so - und das ist heute noch so.

Wer jedoch weg will von Wiluna... aber wer will das schon - hat man hier doch eigentlich alles, was der Mensch braucht: Ruhe, Ruhe und nochmals Ruhe, höchstens einmal Hunde, die nachts bellen oder eine Kuh, die verloren blökt - wer also weg muss, vielleicht ein Fremder, ein verirrter Gast, ein seltener Besuch, - der wende sich also an Pjotr, Stations-vorsteher, Abfahrts-leiter und Fahrkartenverkäufer in einer Person... vielleicht aber auch muss er ihn erst aufstöbern - zu Hause, wodkaschwer hinterm Lehmofen schnarchend, und erst nach und nach begreifend...

"... soso... also mit dem Zug wollen Sie."

Und dann wird man hinaustapfen aufs freie Feld, die Hütten hinter sich lassend, und voller Verwunderung wird der Fremde den Zarenadler auf Pjotrs verblichener Uniform bemerken und denken, er habe sich in der Zeit geirrt. Bei den Gleisen angekommen, wird er sich vergeblich umschauen nach einem Bahnhofsgebäude oder wenigstens irgendeinem Unterschlupf gegen das Schneetreiben, den peitschenden Regen oder die sengende Sonne... je nachdem...

"... Stationsgebäude?" Pjotr zuckt die Achseln. "Wozu? Fahrgäste? Pah, die wenigen, die während meiner Zeit hier zugestiegen sind, kann ich an den Fingern meiner Hand abzählen... Stationsgebäude? Ja nun, wir hatten mal eines. Der Wind und der Regen, sie packten das Holz, machten es morsch, fraßen sogar die Ziegelsteine an. Ich bin ein guter Beamter der Staatlichen Eisen-bahngesellschaft, Herr, ich konnt' es nicht mehr mit ansehen, wie es verfiel. Wer sollte es reparieren oder gar ein Neues bauen...? Kurz und gut - ich gab es einfach in Obhut."

"In Obhut?" Der Fremde glaubt nicht richtig gehört zu haben.

Pjotr nickt. "Jawohl. In Obhut. Das Dach gab ich dem Bauern Wladimir für seinen Kuhstall. Da pfiff früher der

146

Wind hindurch, und es regnete mehr drinnen als draußen. Aber jetzt müssten Sie mal seine rotbunte Anastasia sehen, mein Herr! Die doppelte Menge Milch gibt sie, seit sie nicht mehr erkältet ist. Und die Ziegelsteine? Sie waren alle grün geworden an der Wetterseite. Ich vertraute sie dem Pelzhändler Iljin an. Er baute sich davon einen Schuppen, und seit er nicht mehr auf den Fellen schlafen muß, beißen ihn die Flöhe nicht mehr. Ja, und dann war da noch das Wellblechdach vom Abort. Ich habe es dem alten Iwan gegeben, der brauchte für seinen Hund, diesen struppigen Köter, schon lange eine Hundehütte.

Nun, ich ließ mit mir reden, Herr. Wladimir und Iljin gaben mir jeder zwanzig Rubel. Und die hatte ich auch bitter nötig. Musste ich doch seitdem meinen Dienst ungeschützt in Wind und Wetter tun und mich hin und wieder mit einem Schlückchen Wodka aufwärmen... Nur Iwan, dem alten Habenichts, überließ ich das Wellblech umsonst. Er ist mir ja so dankbar. Aber sein Hund, der knurrt jedesmal, wenn ich vorbeigehe. Er hätte wohl lieber weiterhin bei Iwan auf dem Ofen geschlafen."

Der Fremde wird verwirrt um sich blicken, seine Augen den Schienen folgen von Horizont zu Horizont. "Doch..." wird er nach einer Weile denken, "doch, möglich ist das alles. Groß ist das Land, und es ist weit. Nicht einmal der Herr Direktor der Staatlichen Eisen-bahngesellschaft wird sich jemals daran erinnern können, dass hier einmal ein Bahnhofsgebäude gestanden haben soll..."

Doch plötzlich wird ihm heiß, siedendheiß."... und Sie meinen, dass der Zug wirklich hier hält?"

Pjotr setzt einen Fuß auf die Schiene und lauscht witternd in die Ferne. Dann holt er die Fahrkarte aus der Tasche, sticht mit einem rostigen Nagel hindurch und reicht sie mit einer gönnerhaften Gebärde dem Fahrgast. "Doch", nickt er, "er hält. - Ich winke mit meiner Mütze, schon

147

wenn er dahinten am Wäldchen auftaucht. Der Mann auf der Lokomotive sieht es. Jaja, er hält ganz bestimmt... vorausgesetzt allerdings, dass irgendjemand aussteigen will. Sonst kann es sein, dass auch er schläft..."
Helmut Pätz

Erste Liebe im Schnee

Es gab keine andere Möglichkeit, und irgendwie war sie darauf vorbereitet. Sie musste an ihnen vorbei. Es gab keinen anderen Weg. Schon von weitem hatte sie die Jungen gesehen mit ihren sorgfältig, fast liebevollen in den Händen gedrehten, eisenharten Schneebällen. Man ließ ihr keine Wahl. Man konnte es sich leisten, ganz ruhig lauernd dazustehen, bis sie herangekommen war. Und sie hoffte nur, dass man ihr nicht allzu sehr anmerkte, dass sie Angst hatte, schreckliche Angst sogar...
Und dann geschah es auch schon.
Mitten ins Gesicht traf sie der Schneeball, und sie wusste nicht, ob es die Wut war oder der Schmerz, was sie aufschreien ließ. Ihre Büchertasche fiel in den Schnee, und eine Ewigkeit lang - so kam es ihr jedenfalls vor - konnte sie nichts mehr sehen. Es war plötzlich still um sie herum geworden, beängstigend still, mochte der tiefe Schnee auch so schon fast alle Laute geschluckt haben.
Da berührte eine Hand ihre Schulter, klopfte den Schnee von ihrem Mantel, und eine unsichere Stimme drang durch die wattene Stille: "... so sag' doch was... hat es sehr weh getan?"
Mühsam öffnete sie die Augen, und durch einen Schleier von Tränen sah sie in ein Paar dunkle Augen, die sie fragend musterten. Wie eine rote Woge schwappte es da in ihr hoch. Ja, der musste es gewesen sein, er, der größte und kräftigste von denen, die ihr aufgelauert hatten!

Und da schlug sie zu. Fast besinnungslos vor Wut und Schmerz schlug sie mitten hinein in das Gesicht vor ihr, immer wieder, bis sie plötzlich merkte, dass nicht die geringste Gegenwehr erfolgte. Und so schnell, wie die Wut über sie gekommen war, so rasch verebbte sie auch wieder. Sie hielt inne, und fast bestürzt blickte sie in das fremde Jungengesicht, auf dem sich schon die roten Flecken ihrer Schläge abzuzeichnen begannen.

Und so standen sie sich gegenüber, atemlos, unsicher, fragend. Dann bückte er sich langsam, hob die Tasche auf und klopfte den Schnee von dem hellen Leder. Dann hielt er sie ihr hin.

"... ich glaube, jetzt sind wir quitt." sagte er.

Wie selbstverständlich gingen sie dann beide die Straße hinunter. Sie sprachen nicht miteinander, aber wenn sich ihre Blicke dann und wann trafen, entdeckte einer den Anflug eines Lächelns in der Miene des anderen. An der Kreuzung gingen sie schnell auseinander.

Vor der Tür ihres Hauses drehte sich das Mädchen um. Der Junge stand noch immer auf der Stelle, wo sie sich getrennt hatten. Er stand einfach so da, als wartete er auf etwas - und sah ihr nach. Ein paar Sekunden lang blieb sie unschlüssig stehen. Dann hob sie winkend die Hand, ließ sie aber gleich darauf wieder fallen und lief schnell ins Haus.

Der Junge bückte sich, griff in den Schnee und sah dann, beinahe erstaunt auf den Schneeball, den er unbewusst in der Hand hielt. Achselzuckend warf er ihn in die Luft, schlug übermütig mit dem Fuß danach, steckte dann die Hände tief in die Taschen und ging fröhlich pfeifend weiter...

Irene Pätz

149

Fast ein Wintermärchen

Viele Menschen sahen es, und sie wunderten sich. An der Straßenkreuzung, auf einem hohen Schneehügel, stak eine rote Rose...

Es schneite nicht mehr. Aber der Schnee, gefallen in den vergangenen Tagen, hatte die Stadt in ein watteweißes Meer getaucht. Schneepflüge hatten riesige Wälle zu beiden Seiten der Fahrbahn aufgeworfen. Trupps von Männern der Stadtreinigung mit orange leuchtenden Jacken und Mützen schaufelten schmale Gehwege in die aufgehäuften Berge.

Und da stand sie nun, eine kleine, verlorene Gestalt, mit dem altmodischen Hütchen und einem in Seidenpapier gewickelten Blumenstrauß in den Händen, die in weißen Baumwollhandschuhen steckten. Hilflos blickte sie auf die Schneemassen und dann hinüber zur Bushaltestelle, die "ach, so weit" jenseits der Fahrbahn lag, die sie überqueren musste und auf der die Autos von links und von rechts nur so vorbeischlitterten. Und wie ein stummer Ruf musste es gewesen sein, lautlos, verzweifelt und doch irgendwie vernehmbar, denn auf einmal löste sich aus der Gruppe schaufelnder Männer eine Gestalt. Ein junger Mann war es, vierschrötig und stark wie ein Bär. In der hoch erhobenen Hand die rotweiß gestreifte Fahne schwenkend, ging er auf die alte Frau zu und bot ihr mit einer galant anmutenden Verbeugung seinen Arm. Sie blickte ihn erstaunt an, dann hakte sie sich mit einem verschämten Lächeln bei ihm ein. Und so überquerten sie die Straße, ein seltsam rührender, verwunderlicher Anblick. Die Autos hielten an, die Fußgänger verharrten - eine winzige, kleine Welt inmitten einer großen Stadt schien den Atem anzuhalten.

Kein Auto hupte, kein Mensch lachte.

Auf der anderen Straßenseite angekommen, löste sich der junge Mann, wiederum mit einer Verbeugung, von der

Frau und wollte gerade zur Schaufel greifen, die neben ihm im Schnee steckte, als ein leiser Ausruf ihn zurückhielt. Die alte Frau hatte eine Rose aus dem Seidenpapier herausgeschält und hielt sie ihm wortlos entgegen. Dann trippelte sie mit kleinen, behutsamen Schritten zur Bushaltestelle.

Viele Menschen sahen es, - und sie wunderten sich. An der Straßenkreuzung, auf einem hohen Schneehügel, stak eine rote Rose.

Irene Pätz

Nebel über dunklen Tannen

Es war früh am Morgen. Die Sonne stand tief am Horizont wie ein sich nach allen Seiten auflösender Glutball, und aus den tiefliegenden Tannen stieg ein feiner Dunst. Von der Anhöhe aus konnte man die unübersehbaren Ausmaße des schwarzen Waldes erkennen, bis er sich in der neblig flimmernden Ferne verlor.

Der Förster stand an der Wegkreuzung und blickte dem Mann entgegen, der ruhigen Schrittes näherkam. Sie kannten sich nicht, aber es war ein Morgen, so frisch, so schön und so vielversprechend für den weiteren Verlauf des Tages, dass sie einander schon von weitem einen guten Morgen wünschten.

"Ein schöner Tag, - heute..." sagte der Mann.

"Ein kalter Tag wird's", nickte der Förster und legte die Hand an den Hut.

Die Sonne löste sich langsam aus der dunklen Erde, und der Dunst stieg mit ihr hoch.

"Früh unterwegs", sagte der Mann, als sie nebeneinander gingen.

"Alles will überprüft sein." Der Förster machte eine umfassende Handbewegung, welche die ganze Landschaft einschloss. "Vom ersten Sprießen im Frühjahr

151

bis zum Einschlag im Herbst. Und jetzt muss ich sehen, ob das Wild schon Schaden angerichtet hat."

Sie traten an den Wegrand, wo die Tannen in Reih' und Glied standen. Ihre Spitzen tauchten in den steigenden Nebel.

"... vor vielen Jahren haben wir sie gesetzt." Der Förster wies mit dem Stock weit hinüber. "Kerzengerade sind sie und stark, nicht wahr? Sie hätten das sehen sollen, damals - wie wegrasiert, bis drüben an die Hügel. Alles weg. Auch auf der anderen Seite. Nicht einer stand mehr. Und das waren Stämme, kann ich Ihnen sagen. Aber sie haben alles weggeholt." Er seufzte auf. "Mein Haus steht da unten am Weg. Sie mussten da immer vorbei mit ihren Wagen, kleine Handwagen meist. Sammelholz, Zweige und Äste, die abgebrochen waren, das durften sie mitnehmen. Nach ein paar Wochen gab es kein Sammelholz mehr. Im ganzen Wald nicht. Trotzdem fuhren sie. Mit vollen Wagen. Hochbeladen mit... Sammelholz, das in Wirklichkeit saftige, grüne Jungbäume war, zersägt, zerschlagen. Vornübergebeugt zogen sie ihre Wagen, die Jungen und die Alten. Auch Frauen. Man dachte, sie würden jeden Augenblick zusammenbrechen. Sie brachen nicht zusammen. Ich stand hinter der Gardine. Ich war damals noch ganz jung im Amt. In der Frühe sah ich sie kommen, und noch ehe es richtig Tag war, zogen sie in die Stadt zurück. Nie sahen sie zu meinem Haus herüber." Der Förster stieß den Stock in die Erde. "Wir taten nichts dagegen. Sie hätten sie sehen sollen, elend, hungrig, verfroren. Ich glaube, sie haben sich nichts Schlimmes dabei gedacht, wenn sie die Jungbäume absägten, um die dicken Stämme darunter zu verbergen."

"Doch..." Der Andere wandte sich ab. "Wir haben uns schon etwas dabei gedacht, wenn wir die Stücke in den Ofen schoben oder in den Herd, glauben Sie mir. Kein Städter verheizt gern seinen Wald. Wenn das Holz in den

Flammen krachte und kaum Wärme genug gab, um die eigene Feuchtigkeit in den Schornstein zu jagen, dann hätten wir heulen mögen... aber wer konnte das schon, damals, wo es doch ums Überleben ging..."
Sie sahen sich an.
"Ja, so muss es wohl gewesen sein", nickte der Förster. "Na, aber jetzt ist ja alles wieder in Ordnung. Jetzt habt ihr wieder einen schönen Wald... und..." Er lächelte, als wollte er um Verzeihung bitten. "...wenn es wieder einmal sein sollte, dann habt Ihr auch wieder Holz."
Der Andere blinzelte in die Sonne, die verschleiert hinter dem aufsteigenden Dunst stand. "Wenn es wieder einmal sein sollte, dann brauchen wir kein Holz mehr. Dann werden sie hier stehen, die Bäume, verbrannt, verkohlt, große und kleine. Und der abziehende Qualm wird aufsteigen wie der Nebel dahinten..."
Der Förster sah ihn an, schweigend.
"Ich muss weiter", sagte er auf einmal. Es wird ein kalter Tag werden heute..."
Der Andere stand unbeweglich und sah ihm nach.
Helmut Pätz

Petermann liebt den Schnee

Es hatte geschneit, ohne dass Petermann etwas davon gemerkt hatte.
Wie sollte man auch, wenn man im 'Goldenen Lamm' mit einem gemütlichen Umtrunk den erfolgreichen Geschäftsabschluss besiegelt hatte - nicht zu viel, versteht sich, denn der Wagen stand draußen, und man hatte noch die Heimfahrt vor sich...
Und wie hatte es geschneit!
Eine ganze Weile starrte Petermann fassungslos in die weiße, glitzernde Pracht. Überall Schnee, dichter, weißer Schnee! Das erweckte selige Kindheitserinnerungen, Schnee, das war überhaupt die einzige weiche Stelle in

153

seiner sonst so nüchternen, nur aufs Materielle gerichteten Natur. Also atmete er die verbrauchte Wirtshausluft aus, die klare Winterluft ein und stapfte wohlgemut durch den jungfräulichen Schnee zu seinem Wagen hinüber, der über und über mit einer dicken, weißen Haube zugedeckt war. Doch auf halbem Wege blieb er wie erstarrt stehen...

Machte sich da doch tatsächlich so ein Individuum an seinem Auto, nein, vielmehr an seinem Autoschnee zu schaffen, ein ausgewachsenes, männliches Geschöpf.

Mit zwei Sprüngen war Petermann bei ihm. Mann", zischte er, "Mann, was erlauben Sie sich?"

Der andere lächelte ihn freundlich an. "Ihr Auto?"

"Mein Auto!" Petermann nickte energisch. "Jawohl, mein Auto... und mein Schnee!"

"Ihr Schnee?" Der andere war verblüfft, dann lachte er hell auf. "Das ist gut. Das ist sogar sehr gut. So etwas habe ich noch nie gehört. Ihr Schnee... haha, dass ich nicht lache!" Und mit einer weitausholenden Handbewegung wischte er den Schnee vom Kühler.

Mit einem Wutschrei stürzte sich Petermann auf ihn. "Aufhören!" schrie er mit sich mit fast überschlagender Stimme, "sofort aufhören! Zum letzten Mal... das ist mein Schnee!"

"Nun aber sachte, Männchen." Jetzt wurde auch der andere ärgerlich. "Der Schnee fällt vom Himmel. Und was vom Himmel fällt ist bekanntlich Allgemeingut. Es gehört allen. Schließlich und letzten Endes kann der Schnee ja nichts dafür, dass er zufällig auf ihr blödes Auto fällt."

"Blödes Auto?" Petermann schnappte nach Luft. "Mann! Verschwinden Sie! Verschwinden Sie sofort oder ich rufe die Polizei... sie Verbrecher, Sie..."

"Der Schnee gehört allen..." der andere ließ sich nicht beirren, "ob er nun auf ein Auto fällt, auf einen Menschen oder gar einen Ochsen."

"Ochse?" Petermanns Stimme überschlug sich jetzt wirklich. "Ochse, haben Sie gesagt... ich bin ein Ochse?"

"Gesagt noch nicht!" Der andere schrie jetzt genauso laut. "Aber gedacht bestimmt."

In der nächsten Minute flogen sämtliche Tiernamen und unzählige Schneebälle durch die kalte Winterluft. Gegenseitig rissen sie sich den Schnee aus den Händen und vom Auto, bis schließlich kein einziges Stäubchen mehr auf dem blanken Verdeck lag und sie schnaufend innehielten.

"Wir sehen uns wieder", keuchte Petermann, "vor Gericht."

Da trat unvermutet ein wohlbeleibter Herr auf sie zu.

"Welch freundliche Hilfsbereitschaft", strahlte er die beiden Kampfhähne an. "Mit Rührung beobachte ich seit einiger Zeit, wie Sie den lästigen Schnee von meinem Wagen wegräumen..."

"Von Ihrem Wagen?" ächzte Petermann.

"Aber ja..." Der Dicke schien verwundert. "Ich hatte mir erlaubt, Ihren Wagen nach dort drüben an die Mauer zu schieben." Dann sah er sich triumphierend um. "...denn das hier, meine Herren, ist zufällig mein privater Parkplatz."

Petermanns Liebe zum Schnee hat seither allerdings stark gelitten.

Helmut Pätz

Ritt durch die Winternacht

Als er die wenigen Blockhütten von Silver Creek hinter sich zurückließ, war der Himmel von einem hohen, strahlenden Blau. Aber von Westen her schob sich eine dunkle Wolkenbank heran, und sie verschwamm mit dem darunterliegenden schwarzen Wald. Schnee, überall Schnee, weiß, verharscht, neu zugedeckt, wieder verharscht, seit Wochen, seit Monaten, und unter der

155

Hufe des Pferdes brach es leise und gedämpft. Weit hinten am Horizont und doch zum Greifen nahe die steilen Hänge von Rocks End. Gestochen scharf zeichneten sie sich ab, rot, grau, dann wieder silbern glänzend, dann wieder fast schwarz.

Er klopfte den Hals des Pferdes und warf noch einen Blick hinter sich auf die Wand, die langsam höher zog. Er wusste, sie war schneller, die Wand, schneller als sie beide, das Pferd und er.

"Los... Jake!"

Das Pferd wusste, wo und wie es zu treten hatte, selbst hier oben in den Bergen. Er würde es nicht antreiben, obgleich es ihn noch nie so nach Haus gezogen hatte wie dieses Mal.

Er hatte nach Silver Creek gemusst, um dem alten Buck noch ein paar Felle zu ver-kaufen. Es waren besonders schöne Felle - und Buck hatte sich nicht lumpen lassen. Es gab gute Füchse hier oben, aber drüben auf der anderen Seite, wo er jagte, da gab es die besten. Buck wusste das und auch die Händler, die ein oder zweimal im Jahr hierherkamen, um Buck die angesammelten Felle abzukaufen.

Vier Stunden ungefähr hatte er noch vor sich - wenn das Wetter gut blieb und die Sicht klar. Wenn aber der Schnee kam und mit ihm der Sturm, dann gab es kein Zeitmaß mehr.

"Wie steht es mit Mary?" hatte Buck gefragt.

"Gut." Er hatte die Satteltasche festgezurrt. "... wir denken, dass es heut Nacht so weit ist mit ihr... oder morgen vielleicht..."

"... heute Nacht..." Buck hatte ihn angeschaut, eine ganze Weile, und der Blick des alten Mannes war mitfühlend und skeptisch zugleich. "... also heut' Nacht..." Und er hatte besorgt nach Westen geschaut, wo hinter dem Wald ein leichtes Flimmern stand. Wenn man hier lebte und das

156

Land und den Himmel darüber kannte, dann ließ man sich nichts vormachen.

"...ich glaub', ein Blizzard kommt. Du musst los... hier, dein Proviant.. ich hab' noch ein paar Dosen Trockenmilch für Mary eingepackt. Grüß sie von mir und auch den Jungen."

Dann war er losgeritten.

Als er in die Waldschneise einbog, fiel der erste Schnee. Für einen Augenblick dachte er, dass er doch wohl besser den Hundeschlitten genommen hätte. Aber mit dem Pferd konnte er den Weg abkürzen, rüber über die Steilhänge. Früher war er immer abgesessen, war nebenhergegangen und hatte das Pferd am Halfter geführt. Wie jung er noch gewesen war - damals. "... du musst drauf sitzenbleiben", hatte Buck ihm gesagt, als er ihm die ersten Felle abgenommen hatte, "du darfst nicht absitzen... das Pferd will selbst fühlen und sichern... jedes gesunde Pferd will das.. sonst wird es unsicher."

Die Hufe klirrten am nackten Felsen, und wieder überkamen ihn die Zweifel, die in letzter Zeit immer öfter aufgetaucht waren. Nein, er hätte Mary nicht bei sich behalten dürfen in dieser Einsamkeit, jahraus, jahrein. Sie war jung, zu jung für ihn und das Leben hier oben.

Er hatte sie zu sich genommen, damals, als ihr Vater beim Fällen von einer riesigen Tanne erschlagen worden war. Da war sonst niemand, der sich um sie kümmerte, keine weiteren Verwandten, niemand. Ein Kind fast noch, blieb sie bei ihm, kochte für ihn, nähte das zerschundene Jagdzeug und pflegte gewissenhaft die gelagerten Felle. Eines Abends hatte er seine Hand auf ihr braunes Haar gelegt. Sie hatte ihn lange angeschaut, gelächelt, und dann ihren Kopf an ihn gelehnt. Der Sheriff sei morgen in Silver Creek hatte er dann gesagt, für einen Tag nur, sie könnten hinreiten und sich trauen lassen. Sie hatte wieder gelächelt und mit dem Kopf genickt.

Er dachte nach. Das waren jetzt sechs Jahre her. Der Junge war fünf.

Eisig peitschte es ihm ins Gesicht.

Der Junge! Nie hatte der etwas anderes erlebt als diese weiße, gleißende Einsamkeit, unterbrochen nur von einem kurzen Sommer, heiß und voller heftiger Gewitter.

"Der Junge muss in die Schule..." hatte Buck eines Tages zu ihm gesagt, "... es gibt da ein Gesetz..."

Er hatte nichts darauf erwidert. Pah, was sollte ein Gesetz? Hier gab es nur ein Gesetz... zu überleben. Der Junge war da hineingewachsen, verstand sich auf die Jagd. Tagelang schon war er manchmal mit ihm draußen gewesen. Mary hatte nie etwas gesagt, wenn sie, lärmend vor Müdigkeit, zurückkamen. Sie hatte den Jungen nur besonders fest und lange an sich gedrückt.

Er wischte sich den Schnee von der Pelzmütze. Er konnte nichts mehr erkennen in dem wirbelnden Grau um sich herum.

Der Junge...

Er dachte daran, dass er ihn hin und wieder beobachtet hatte, lange und unauffällig, wenn er dastand vor der Hütte und hinauf starrte in den klaren Himmel, dem blitzenden Punkt, dem schmalen, sich erst nach und nach verbreiternden weißen Streifen nachblickend, lange, bevor das unendlich ferne Geräusch des Flugzeugs, kaum hörbar noch, bis zu ihnen herabsank. Dann stand der Junge noch eine ganze Zeitlang da, um dann nachdenklich in irgendein Gezweig zu schlagen, bevor er in die Hütte ging.

Er war fast sicher, dass der Junge zum ersten Mal vielleicht gespürt hatte, dass es da noch etwas anderes gab, weit hinter den schneebedeckten Bergketten. Etwas ganz anderes...

Er selbst war nie in die Schule gegangen. Mary auch nicht. Er hatte seit eh und je nichts anderes gekannt als das hier. Und jetzt gab es da ein Gesetz. Nicht für Mary und für ihn, aber für den Jungen gab es eins, das hatte Buck gesagt. Und für das zweite Kind, - heute Nacht oder morgen würde es geboren werden...

Als er auf einmal den Sturm nicht mehr spürte, wurde ihm bewusst, dass sie den gefrorenen Fluss schon überquert hatten und auf dem Weg in die Berge waren. Das Pferd hatte den Weg von allein gefunden, und er klopfte noch einmal den von gefrorenem Schnee verklebten Hals des Tieres.

Nur widerwillig wich die Schneewächte, als er die Tür aufzog. Er hatte bemerkt, dass der Weg freigeschaufelt worden war. Der Junge! Er musste Wasser vom Brunnen geholt haben...

Wohlige Wärme schlug ihm entgegen, in der Hütte flackerte ein Feuer, und der Widerschein wischte über das rohe Holz der Wände. Hinten, in der Ecke, erkannte er zwischen den Fellen Marys blasses Gesicht. Sie lächelte. Der Junge hatte sich über sie gebeugt. Er wandte den Kopf und sah ihn an.

"... ein Mädchen..." rief er und lief auf ihn zu, "... es ist ein Mädchen."

Er trat näher und legte die Hand auf seinen Kopf.

"Ja..." sagte er nur.

Er kniete sich zu Mary nieder und strich ihr übers Haar. Dann sah er in die dunklen Augen seines Jungen, Augen, die ohne jeden Arg waren und doch voller Durst zu wissen, und er ergriff die kleinen, festen Hände, die eben geholfen hatten...

Das ist das Gesetz, dachte er, alles das hier ist das Gesetz ringsum. Aber die Schule für ihr Gesetz, für Marys Jungen und für das Mädchen, ich werde sie finden...

Helmut Pätz

159

Schritte im Dunkeln

Ungemütlich war es und kalt. Der Nordwestwind heulte und zerrte ächzend an den Ästen der Bäume. Fahler Schein spärlicher Straßenlaternen huschte gespenstisch über nachtschwarzes Steinpflaster.

Dennoch war mir heiß. Ich spürte, wie ein Schauer nach dem anderen mir den Rücken hinabjagte, und ich beneidete meine Frau, die es vorgezogen hatte, bei diesem Wetter zu Haus zu bleiben. Außerdem mochte sie keine Kriminalfilme.

Ich ging schneller. Mein Schritt hallte von den Wänden der Häuser wider, und plötzlich wurde mir bewusst, wie einsam und verlassen die Straßen waren.

"Schritte in der Nacht", hieß der Film, den ich mir angesehen hatte. Vier Tote. Der Fünfte erwies sich am Ende als nur schwerverletzt. Das machte den Schluss versöhnlich.

Da! Hörte ich da nicht eine Stimme hinter mir? Ich blickte mich um. Tatsächlich - eine dunkle, vermummte Gestalt folgte mir. Unwillkürlich ging ich schneller. Die Schlussszene des Films stand vor meinen Augen: das fünfte Opfer regungslos auf nächtlichem Asphalt. Die Schritte des Täters verhallten dumpf in der Nacht...

Jetzt waren sie deutlich hinter mir, die Schritte. In den Ohren rauschte es, das Herz hämmerte. Ich wagte einen scheuen Blick zurück und verfiel in Laufschritt. Die vermummte Gestalt lief jetzt ebenfalls. Noch drei Straßen, dann war ich zu Haus. Aber die Schritte blieben, kamen näher.

Noch zwei Straßen.

Da krachte ein Schuss. Ich erstickte einen Aufschrei und stolperte in den Wind, der mich barmherzig auffing. Nur jetzt nicht fallen! Ich lief weiter, wagte nicht, mich umzusehen. Noch ein Schuss... und noch einer. Dann lief ein Automotor an. Metzger Frischbluths Lieferwagen!

Jeden Abend spät, um dieselbe Zeit: fünf Fehlzündungen vor dem Start. Dann verlor sich das Singen des Motors in der Ferne. Oh, Meister Frischbluth, warum fährst du nicht ausnahmsweise einmal hier entlang? Nie wieder würde ich auch nur ein Sterbenswörtchen verlieren über das zu zähe Steak, nie wieder, wenn du mich dafür aus den Klauen eines brutalen Meuchelmörders erretten würdest...

Ganz nahe waren die Schritte jetzt. Ich ächzte. Schnell, nur schnell! Verflixt, wo war der Haustürschlüssel?

Und dann eine fast heisere Stimme: "Hallo... bleib doch stehen!" Vom Winde verweht, doch deutlich genug für mein Ohr. Mein Verfolger kannte mich also, duzte mich sogar. Ein persönlicher Feind! Jetzt ging's um mein Leben!

Die letzte Ecke, - und ich war zu Haus. Drinnen war alles dunkel. Oh Gott, meine Frau schlief bestimmt schon - wie sollte ich jetzt ins Haus kommen? Hinter mir spürte ich schon den Atem des Anderen in meinem Nacken. Mit einem Schrei sank ich auf die Eingangsstufen. Die vermummte Gestalt war jetzt über mir. Vor Entsetzen gelähmt, wartete ich auf das Messer, das sich mir unweigerlich zwischen die Rippen bohren würde, auf die Hand, die meinen Hals umklammerte...

"Aber Schatz..." Wie aus weiter Ferne schien die Stimme zu kommen. Eine weiche Hand legte sich zärtlich auf meinen Kopf. "Liebling, warum bist Du denn vor mir weggelaufen?"

Über mich gebeugt stand die vertraute Gestalt meiner Frau, eingehüllt in einen schwarzen Pelzmantel, ein Geschenk von mir, erspart aus den Honoraren eines ganzen Quartals. "... ich habe vor dem Kino auf dich gewartet. Hier, der Hausschlüssel. Du hattest ihn vergessen."

Helmut Pätz

161

Um diesen Preis

Irena sprach am Telefon immer sehr leise, aber jetzt spürte er die Entfernung. Dennoch war ihm, als stände sie direkt neben ihm, als flüsterte sie ihm die Worte zu, flehend, beschwörend, und es dauerte eine ganze Weile, bis er antwortete.

"... nein, nein, wenn der Nebel bleibt, gehe ich nicht. Um keinen Preis. Ich verspreche es Dir."

Dann ging er zurück in die kleine verräucherte Gaststube. Drei Tage hatten sie gewartet. Bergner und er. Vergeblich. Einige Skifahrer und ein paar Leute von der Presse hatten mit ihnen ausgeharrt. Die anderen waren inzwischen alle abgefahren. Nur der alte Grabichler hockte nach wie vor in seiner Ofenecke. "Hier, trinken's einen Enzian... und dann lassen's den Unsinn."

Sie hatten nur dagesessen und hinausgestarrt in den Nebel, Tag und Nacht, hatten gehofft, dass die Wand sich doch noch zeigen würde in ihrer vollen, erbarmungslosen Pracht, überflutet von strahlendem Sonnenlicht. Aber der Nebel wich nicht, und sie wussten nur, dass er dahinterstand, der Berg, stumm, übersät mit vereisten, schroffen Graten und steilen Hängen.

Ein einziges, kurzes Mal nur war es aufgeflammt, golden, von den verspäteten Geranien am Fenster her in die Stube. Sie schlossen wie geblendet die Augen - aber dann, dann sahen sie die Wand. Zum Greifen nahe schien sie, grauglänzend, ein erahntes Mosaik voller Risse und Schrunden. Das Eis gleißte. Wie verwehte Federn wischten Wolkenfetzen um den Gipfel.

Der alte Grabichler schüttelte den Kopf und nahm die Pfeife aus dem Mund.

Und dann sank auch schon die graue Haube wieder herab. Es war, als hätte jemand ein Licht ausgeblasen. Das rote Leuchten der Geranien am Fenster erstarb.

162

Verschwommene Dämmerung kroch wieder in den Raum.

Drei Tage! Eigentlich hatte er keine Hoffnung mehr. Mein ganzes Leben lang habe ich darauf gewartet, dachte er verzweifelt, ein ganzes Leben lang auf den Tag, da ich ihn bezwinge - den Berg.

"... da kommen's nicht 'rauf, sag' ich Ihnen." Der alte Grabichler hob abwehrend die Hände. "Keiner kommt da 'rauf. Im Sommer nicht und im Winter schon gleich gar nicht. Hier ist fast immer Nebel, bis weit hinauf... und auch dieses Mal bleibt er, ich spür's im Bein, tagelang bleibt der noch..."

Sie wussten, was sie da oben erwartete. Der Berg duldete keinen Menschen in sich. Viele hatten es versucht, die meisten von ihnen waren im unteren Drittel umgekehrt. Nur wenige hatten sich weitergewagt. Sie waren in der Wand geblieben. Einige waren von der Bergwacht gerettet worden. Den Gipfel aber hatte keiner erreicht.

Als er den Berg zum ersten Mal gesehen hatte, war er noch ein kleiner Bub. Zwischen den Eltern hatte er gestanden und hinaufgestarrt. Damals hatte die Sonne geschienen, und die Schneehaube des Gipfels war so weiß gewesen, dass seine Augen schmerzten. Eine Rettungs-mannschaft war vorbeigekommen. Sie trugen einen jungen Menschen. Eine stumme Prozession. Immer wieder hatte er an das bleiche, leblose Gesicht denken müssen. Das Bild ließ ihn nicht los, prägte sich ein wie ein Foto, das man in einer Schublade aufbewahrt. Und als es dann allmählich verblasste, tauchte dafür ein anderes auf, schemenhaft erst, dann immer deutlicher... der Berg mit den schroffen, majestätisch abweisenden Hängen. Mit diesem Bild der Unbezwingbarkeit wuchs sein eigener Trotz, sein Wille, den Berg zu bezwingen. Dem Buben von damals, dem Mann von heute - der Berg ließ beide nicht mehr los...

163

Auch dann nicht, als Irena in sein Leben trat. Irena, eine begeisterte Sportlerin. Aber sie wusste, was er vorhatte, und sie hasste den Berg. Aber er ließ nicht locker. Er kletterte, trainierte, nahm kleinere Berge und Hänge, dann immer schwierigere...

Eines Tages dann hatte er Bergner kennengelernt, einen jungen, begeisterten, ja, besessenen Kletterer. Auch er wollte den Berg. Im Alleingang. Sie hatten sich gleich verstanden, und er hatte Bergner klargemacht, dass sie nur zu zweit eine Chance hätten. Nach längerem Zögern und vielem Hin und Her schien Bergner das einzusehen.

Sie arbeiteten Pläne aus. Immer wieder hatten sie sich den Berg angeschaut, von allen Seiten, jede Möglichkeit erkundet, im Sommer und auch im Winter, wenn das Eis fast bis nach unten gekrochen kam. Sie hatten geplant und wieder verworfen - immer wieder...

Nun hockten sie hier und konnten nichts anderes tun als warten. Das zerrte an den Nerven. Wenn es dieses Mal wieder nichts wurde... "Zu alt", würde man in ein paar Jahren sagen. Und sie selbst wussten das auch.

Fast stündlich hatten sie den Wetterdienst angerufen. Keine Änderung in Sicht - hieß es immer wieder. Dann hatte er zu Bergner gesagt, dass es keinen Sinn habe. Dieses Jahr nicht mehr. Bergner hatte nichts darauf erwidert. Er hatte ihn nur ganz merkwürdig angesehen und war hinausgegangen. Er hatte ihm nachgeschaut und eine dumpfe unheilvolle Ahnung hatte ihn ergriffen. Bergner aber kam den ganzen Tag nicht mehr in die Gaststube zurück.

Später lichtete sich noch einmal der Nebel, ganz kurz nur, und die Nachmittagssonne traf voll in die Felswand...

Wieder rief er Irena an.

"... du hast es mir versprochen", sagte sie verzweifelt, " du hast es mir versprochen, nicht in den Berg zu gehen."

"Die Bergwacht hat eben angerufen. Sie haben einen Mann in der Wand entdeckt... als der Nebel sich für einen

164

Augenblick lichtete... Bergner, ja, kein Zweifel... sie nehmen an, dass er verletzt ist... ich hab's geahnt. Er hat seinen Traum vom Alleingang in Wirklichkeit nie aufgegeben..."
"Du wolltest nicht. Um keinen Preis hast du gesagt."
Es war still in der Leitung, und doch glaubte er, Irenas Atem auf seinem Gesicht zu spüren.
"Doch", sagte er nach einiger Zeit, "doch, Irena, um diesen Preis, ja."
Helmut Pätz

Wassil und der Bär

Noch heute erzählt man sich in der näheren und weiteren Umgebung des Ortes die Geschichte von Wassil, dem mutigsten und gewandtesten Bärenjäger, den es jemals gegeben hatte in den endlosen Wäldern zwischen den beiden Flüssen bis hinüber an das Gebirge. Man erzählt sie untereinander, die Geschichte, man erzählt sie dem Fremden im Wirtshaus, man erzählt sie jedem, der sie hören will, und verspürt dabei selbst immer wieder heimliche Schauer über den Rücken laufen...
Keiner wusste, woher er kam, keiner wusste, wie er wirklich hieß. Sie wussten nur, dass sein Schuss noch nie fehlgegangen war, dass er immer allein auf die Jagd ging und dass ihn nur sein Hund, ein struppiger, unscheinbarer Köter, begleitete. Sie nannten ihn "Wassil", und als einmal ein riesiger Bär mehrere Wochen lang die Wälder in der Nähe des Dorfes unsicher machte und sogar den alten Pjotr beim Holzsammeln angefallen hatte, so dass er ganze drei Wochen mit gebrochenem Arm hinterm Lehmofen liegen musste, ließen sie ihn kommen.
Wassil kam. Er war in ein Bärenfell gehüllt, das ihm fast bis zu den Füßen reichte, und in seinem breiten Ledergürtel stak ein riesiges Messer, Sein Hund trottete hinter ihm her.

Wassil war ein schweigsamer Mann. Als die Gemeinde des Dorfes ihm den verein-barten Vorschuss auf den Tisch zählte, nickte er nur, sagte "Komm, Bjark", warf die Jagd-büchse über die Schulter und stapfte mit seinem vierbeinigen Begleiter in den Schnee hinaus.

Die Bauern hatten ihm den Weg genau beschrieben, und der Mond stand hoch über den Tannen, als sie unter einer Kiefer haltmachten. Sie waren mit dem Wind gegangen. Bären haben eine gute Witterung, auch wenn sie schlafen, und ein echter Bärenjäger tötet kein Tier im Schlaf. Wassil gab seinem Hund ein Stück Trockenfleisch, und später, als der Mond sich anschickte, den höchsten Stand zu verlassen, sagte er leise: "Los... Bjark."

Der Hund schlängelte sich durch den kniehohen Neuschnee und verschwand in der dunklen Spalte zwischen dem grauglitzernden Gestein. Wassil schob die Patrone in den Lauf. Aus der Höhle erklang kurzes, heiseres Bellen, und dann schoss der kleine, schnelle Schatten über den silberfunkelnden Schnee wieder auf ihn zu. Wassil streichelte das zottige Fell des Tieres. "Still, Bjark."

Und dann tauchte es auf, sich nach außen zwängend durch den schmalen Spalt, ein dunkler, schwerer Schatten, schlaftrunken noch und fast mannshoch am Widerrist. Ein dumpfes, gereiztes Grunzen - kaum zwanzig Schritte entfernt. Diese Schwarzen waren die gefährlichsten. Wassil wusste das. Er legte die Flinte an, zielte und schoss.

Der Bär zuckte zusammen, hob die Vordertatzen, blickte sich um und lauschte verdutzt dem vielfältigen Echo des Schusses nach. Regungslos stand er da, einige Atemzüge lang, dann wandte er sich langsam um und trottete in die Höhle zurück.

Der Atem des Hundes ging keuchend. Von irgendwoher schrie ein Waldkauz, und ein feiner Wind strich durch die knorrigen Äste der Kiefer. Wassil bemerkte es nicht. Er

166

spürte auch die Kälte nicht. Er stand da und starrte auf die Stelle, an welcher der Bär eben verschwunden war. Er wischte sich über die Augen, und schob mechanisch ein neues Geschoss in den Lauf. "... ein guter Jäger trifft gleich beim ersten Schuss." Bisher hatte er in seinem ganzen Leben nur jeweils einmal zu schießen brauchen.

Und dann sah er ihn wieder, den riesigen schwarzen Schatten vor dem blinkenden Felsen, größer als jener, dessen Pelz er jetzt trug und der ihm das Gewehr aus der Hand geschlagen hatte, so dass ihm nur noch das Messer geblieben war, damals, als er bei den "Oseros" in den spanischen Bergen sein gefährliches Handwerk erlernt hatte. Wassil glaubte das Leuchten in den schwarzen Sehern zu erkennen, und er war selbst verwundert über das Echo seines zweiten Schusses, das sich an den niedrigen Felsen brach, vielfach zurück-geworfen wurde und schließlich im schwarzen Saum des fernen Waldes erstarb. Er sah den Bären, wie er zusammenzuckte, sich unbeholfen mit der Tatze über die Schnauze wischte, jetzt endgültig aus dem Schlaf gerissen, sich dann aber umwandte und ein zweites Mal in der Höhle verschwand.

Es gab nicht genug Finger an zwei Händen, um die Jahre daran abzuzählen, die er schon Bären gejagt hatte in aller Herren Länder. Nicht ein einziges Mal hatte die Hand gezittert, die den Lauf hielt, war der Finger am Abzug un-ruhig gewesen, hatte sich das Auge täuschen lassen, das einen Hasen auf einen halben Werst Entfernung auszumachen vermochte. Nein, nie hatte er daran gedacht, dass es auch einmal auf ihn zukommen würde, das Alter...

Die zweite Patrone fiel in den Schnee, und Wassil hörte neben sich das Knurren seines Hundes.

Und wieder ertönte das Brummen von drüben her, gefährlich jetzt anzuhören. Der Schwarze war bis aufs Blut gereizt nach den beiden Schüssen, die irgendwo neben ihm in den Fels geschlagen waren. Wieder lud

167

Wassil das Gewehr, wieder fiel ein Schuss, und das Echo brach sich tausendfach in dieser hellen Mondnacht. Dann tiefes Schweigen, bis der Waldkauz aufflog, erschreckt, einen Schneeschleier vom nachfedernden Ast hinter sich zurücklassend.

Der Bär aber stand da drüben, regungslos. Sie starrten sich an, Wassil und der Bär. Dann wandte das Tier sich um, blieb noch einen Augenblick stehen, ihm die Rückseite zuwendend, und trabte dann ohne die geringste Eile in die Höhle zurück.

Wassil wollte noch ein viertes Mal laden, doch dann ließ er den fellbedeckten Deckel der Jagdtasche wieder zuklappen. Er stand und starrte gegen den Fels, bis die Schatten des Mondlichts alles in sich zudeckten. Er wusste nicht, wie lange er so gestanden hatte, als er plötzlich die weiche Schnauze des Hundes spürte, die gegen sein Bein stieß. Der Hund blickte zu ihm auf.

"... ja", sagte Wassil leise, "du hast recht, Bjark... komm... es ist vorbei."

Als der Morgen dämmerte, kehrten Wassil und der Hund ins Dorf zurück. Sie betraten das Wirtshaus, in dem die Männer die ganze Nacht über auf sie gewartet hatten. Wassil trat in die Mitte, schweigend. Die Männer sahen ihn erwartungsvoll an. Da öffnete er seinen Pelz und legte das Geld, das sie ihm als Vorschuss gezahlt hatten, auf den Tisch, Rubel um Rubel, Kopeke um Kopeke. Dann pfiff er seinem Hund, und sie verließen den Raum. Die Männer starrten ihm verblüfft nach, wie er hinausschritt in den Schnee, den Hund neben sich, wie er allmählich kleiner wurde, immer kleiner, bis er schließlich hinter dem letzten Haus am Dorf- ausgang verschwand. Sie rauchten ihren Machorka und tranken ihren Wodka. Eine ganze Stunde saßen sie da, ohne etwas zu sagen. Das Schweigen, mit dem sich Wassil von ihnen verabschiedet hatte, war bei ihnen zurückgeblieben. Aber gegen Mittag hielt es sie nicht mehr. Sie griffen zur

Schrotflinte, zum Knüppel und überhaupt allem, womit man sich wehren konnte, und nahmen den Weg in den Wald, den gestern Abend Wassil und sein Hund gegangen waren.

Es war ein beschwerlicher Weg, und fünfzig Meter vor der Höhle des Bären machten sie Halt. An einer knorrigen Kiefer endeten Wassils Spuren. Zu ihren Füßen fanden sie drei leere Patronenhülsen. Sie sahen sich an. Sie sagten nichts. Sie warteten. Sie warteten eine Stunde, und dann noch eine. Von der Höhle kein Laut, keine Bewegung. Schließlich wagten sich zwei der Kühnsten von ihnen hinüber, lautlos, nach allen Seiten sichernd, und spähten vorsichtig hinein. Im Halbdunkel der Höhle, ganz nahe am Eingang, sahen sie erst den einen, dahinter den zweiten, dann den dritten Bären. Riesige schwarze Bären waren es, wie sie hier noch keiner erlebt hatte. Sie waren erlegt worden, jeder von ihnen mit einem Schuss, genau ins Herz.

Spät am Abend kehrten sie ins Dorf zurück. Je vier von ihnen trugen auf zwei starken Ästen einen toten Bären über ihren Schultern. Die Frauen und Kinder kamen aus den Hütten gelaufen, umringten sie jubelnd. Die Männer aber gingen schweigend weiter. Vor dem Wirtshaus legten sie die toten Tiere ab. Drei waren es, und sie waren einander zum Verwechseln ähnlich, einer so schwarz und riesig wie der andere.

Drinnen aber saßen die Männer, schweigend, rauchten ihren Machorka, tranken ihren Wodka und dachten dabei an Wassil, der den Glauben an sich selbst verloren hatte, weil er dachte, einen einzigen Bären dreimal verfehlt zu haben, und dabei doch mit jedem einzelnen Schuss einen anderen erlegt hatte.

Keiner im Dorf hier hatte ihn jemals wiedergesehen.
Helmut Pätz

169

Inhaltsverzeichnis

Kleiner Irrtum in Texas.....5
Nur ein kleiner Abstecher.....6
Ole wartet.....11
Rentenzahlung in Texas.....15
Ruhiges Plätzchen im Urlaub.....18
Schuhe aus dem Süden.....19
Weiter Weg nach Swallow.....23
Zuzutrauen wäre es ihm.....27
Zwei aus Jamaica.....29
Alles Einbildung.....33
Der Fremde aus dem Norden.....34
Mittag in Mexiko.....36
Die Spur einer Schnecke.....39
Diese eine Stunde nur.....40
Ein Brief für Frau Bachmann.....42
Haben Sie schon einen Weihnachtsbaum?.....44
Menschen an meiner Tür.....46
Nur ein kleines Geschenk.....48
Nur eine alte Uhr.....50
Sein einziger Wunsch.....53
Waren Sie schon im Weihnachtsmärchen?.....55
Wie jedes Jahr.....58
Wir bringen Ihnen etwas.....62
Wölfchen bedankt sich.....64
Zwei Menschen am Weihnachtsabend.....66
Zwischen ihnen lag der Wald.....69
Da war sonst niemand.....71
Das Familienfoto.....73
Das hat er mir erzählt.....75
Der zerbrochene Weihnachtsengel.....77
Die Überraschung.....79
Eine Krawatte zu Weihnachten.....81
Es war ein schöner Abend.....84
Es wird eine kalte Nacht.....86
Freuen auf Weihnachten.....89
Heinrich kommt.....90
Keine Zeit für Weihnachtsstollen.....92

Kleiner Schlitten aus Zuckerwatte.....94
Nicht ohne Anna.....96
Nie wieder Skisocken.....98
Sie fuhren erster Klasse.....100
Angenehme Feiertage noch.....104
Empfänger unbekannt.....106
Sie kam in die Stadt.....108
Und sie kamen alle.....111
Von Mensch zu Mensch.....113
Er blieb einfach da.....115
Er sah ihn zuerst.....117
Er wartete am großen Tor.....118
Es war Absicht.....120
Fünfundzwanzig und die Lilie.....123
Begegnung in der Polarnacht.....125
Das Vogelhäuschen.....128
Der Alte vom anderen Ufer.....130
Peter und die Weihnachtstombola.....133
Sie war voller Erwartung.....136
Die Nacht der Wölfe.....138
Die Nacht, die niemals endete.....142
Ein Zug fährt durch Wiluna.....145
Erste Liebe im Schnee.....148
Fast ein Wintermärchen.....150
Nebel über dunklen Tannen.....151
Petermann liebt den Schnee.....153
Ritt durch die Winternacht.....155
Schritte im Dunkeln.....160
Um diesen Preis.....162
Wassil und der Bär.....165